— 書き下ろし長編官能小説 —

義母と隣り妻とぼくの蜜色の日々

桜井真琴

竹書房ラブロマン文庫

目次

※この作品は竹書房ラブロマン文庫のために
書き下ろされたものです。

第一章　盗撮された美熟女

1

暑い。

水野陽一《みずのよういち》は寝苦しくなって、パッと目を覚ました。

明日から十月。

なのに、窓からの秋めいた柔らかな日差し……とはほど遠い、強い陽光に顔をしかめる。

(寝汗かいちゃったよ。今、何時だろ。うわっ!)

ベッドのサイドテーブルに置かれた時計を見る。

昼の十二時を過ぎていた。

(また遅く起きちゃったよ。明日から大学に行くのに、大丈夫かなあ)

陽一は欠伸《あくび》しながらベッドから出て一階に降りていく。

(あー、お腹空いた……お義母《かあ》さん、呆れてるだろうなあ)

一緒に暮らすようになって一ヶ月。

まだ義母の麻衣子《まいこ》と会うと、ドキドキしてしまう。

怖いとかそういう理由ではない。

むしろとてもフレンドリーに接してくれる優しい人だった。

では、なぜ緊張するかと言えば、それは新しい母となった女性が、とんでもなくキュートだからである。

大学教授の父親はとにかく堅物で、女性が苦手である。

そんな親父が半年前、急に再婚すると言い出して、相手は三十八歳の独身女性というから、ごく普通のおばさんを想像していた。

ところがだ。

会ってみて、度肝《どぎも》を抜かれた。

羽田《はねだ》麻衣子と名乗った女性は、くっきりした二重《ふたえ》の大きな丸目で、アラフォー間近とは思えぬほどに可愛らしい人だった。

三十八歳とは思えぬあどけない顔立ちで、ぱっちりした黒目がちの目に、ふんわりウエーブした栗色のボブヘアがよく似合っていた。

白い肌は瑞々《みずみず》しく、シワやくすみもまったくない。

可愛いのに年相応の色気もあって、もう奇跡の美熟女って感じで、自分より二十歳も上なのに、ときめいてしまった。

しかもである。

普段は服で隠しているものの、身体のラインを露《あら》わにするブラウスやワンピースを着れば、まるで小玉スイカのような悩ましいバストを披露してくれる。

腰は細いのに、おっぱいやお尻は大きく、それでいて肩や二の腕に、柔らかそうな肉ののった、いわゆる男好きするマシュマロボディの持ち主だったのだ。

陽一の実母は、子どもの頃に病気で亡くなっていた。以来、親父とふたりきりの男やもめの生活をずっと続けてきた。

そんな生活の中に、こんな魅力的な女性を「母よ」と迎え入れたのだから、新生活はもう毎日ドキドキの連続である。

さて、一階に緊張しながら降りていくと麻衣子はいなかった。

(どっかに出かけたのかな)

顔でも洗おうかと思って洗面所に向かったときだった。

一階の奥は、夫婦の寝室があり、その横が父親の書斎兼父親のためのランニングマシンが置いてある部屋なのだが、そこからわずかに音が聞こえてきた。

(あれ？　誰か使ってる？　親父はいないし……麻衣子さんかな？)

コンコン、とドアをノックしてみたが、返事はない。

だけど物音は聞こえている。

「あ、あの……お義母《かあ》さん、いるの……？」

ドアを開けて、おそるおそる覗いてみた。

(……うおっ！)

あまりの光景に、思わずドアを開けたまま固まってしまった。

麻衣子が、黒いスパッツに白いTシャツという、かなり露出度の高い格好をして、ランニングマシンで走っていたからである。

薄いスパッツは、大きなお尻のラインが丸わかりだ。

その悩ましい大きなお尻が、リズミカルに、ぷりん、ぷりん、と揺れ弾《はず》んでいるのだから、興奮するのは当然である。

(お義母さん……エ、エッチなお尻してる……ッ、い、いやらしいな……)

それればかりではない。

太ももがあきれるほどムッチリしていた。

腰はくびれているのに、そこからヒップへ広がる色っぽいボディラインは、まさに熟れ頃、食べ頃という感じで、ムンムンとした色香を漂わせている。

結構走り込んでいるらしく、白いTシャツは汗で濡れて身体に貼りついている。

ブラジャーどころか肌の色も透けているのが、十八歳の大学生には刺激的すぎた。

(お義母さんっ……キュートな顔して、なんてエッチな身体をしてるんだ……)

むんむんと湯気の立つ身体からは、汗の匂いだけでなく、甘ったるい女のフェロモンまで漂ってくる。

「ハア……ハア……あっ、陽くん。起きたのね」

気配を感じたのか、麻衣子がワイヤレスのイヤフォンを外して、肩越しに後ろをちらりと見た。

上気して汗ばんでいる顔が、色っぽい。股間が熱くなる。

「あ、あの……音がしたから……」

「起こしちゃった？」

「いや、そんなに大きな音はしなかったよ」

「朝ご飯……というか、もうお昼ご飯ね。もうちょっとで終わるから、待っててね」

いつもの愛くるしい顔が、今は苦しげに眉根を寄せて、ハアハアと息を弾ませている。

(や、やばいな……なんか、いやらしい表情に見える……)

夜のズリネタに確定だ。

というよりも、ここのところ毎日、オナニーのおかずは麻衣子であった。

麻衣子は走り終えたらしく、マシンのスピードを緩《ゆる》めてウォーキングしながら、首筋やデコルテの汗を拭《ぬぐ》い始めた。

そして少し歩いた後にマシンを止めて振り向いた。

(ぬおっ)

麻衣子を正面から見た瞬間、クラッときた。

汗で濡れた白いTシャツにブラジャーが透けている。

スポブラじゃない。

普段使いのフルカップのブラだ。

ブラカップのレース模様まで透けて見えてしまい、目のやり場に困ってしまう。

「あっ……やだ。ごめんなさい……下着、透けて見えちゃったわよね」

麻衣子はウフフと笑って、腕をクロスさせて透けブラを隠す。

「みっともないわ。こんなおばさんのブラジャーなんか見せちゃって。スポーツ用のブラがなかったのよ」

義理の息子の性的な目などつゆ知らず、麻衣子は淡々と思春期の男の前で、透けブラを話題にしてしまう。

（いや、その……お義母さんって、普通に僕のエロ対象なんだけど……）

新生活で困ったことが、これだ。

麻衣子は若い女性に比べてかなり無防備だ。

陽一のことを子ども扱いしており、しかも自分を三十八歳のアラフォーおばさんだと本気で思っている節がある。

「あ、あの……みっともないってことじゃなくて……お義母さん、その格好で配達の人とか来ても、出ないでくださいね……危ないから」

「やだわ。心配しすぎよ、陽くん。私みたいなおばさんなんて誰も襲わないわよ」

「お、襲いますよ。この前だって、ナンパされてたじゃないですか」

「あれは……若い子にからかわれてたのよ。ウフフ。でも、息子に心配されるのって悪くないわね」

「えっ……？」

ああ、と思った。

当たり前だが、麻衣子の目には陽一は息子としか映っていないのだ。

わかっている。

わかっているが、はっきり口にされると複雑なものがあった。

「ねえ、陽くん。それと他人行儀なのはもうペケよ。これからは……敬語は私に禁止ね。あっ、そうだわ。ママと呼びましょう。じゃあ……さん、はい」

麻衣子が指揮者のようなポーズをとった。

「……マ、ママ？」

「そう、ママよ。いいわね」

陽一はわずかに眉を曇らせた。

ママ、か。

目の前にいるのは義理でも母親だ。

一目惚《ひとめぼ》れした相手は、この世で一番好きになってしまってはいけない人である。

「ママ」

つぶやいてから、欲望を隠すように唾《つば》を呑み込んだ。

麻衣子はパアッと大きな目を輝かせて笑った。

「ありがとう、陽くん。私、頑張るから」

あまりにすんだキレイな目で言われると、何も言えなくなってしまう。

(ママか……僕、でもママのことが好きなんだよ。母親としてじゃなくて、ひとりの女性として。ママでオナニーするし、ママとエッチしたい。そのうちママを襲っちゃうかもしれないんだよ。少しは警戒した方がいいのに……)

そんな暗い気持ちが渦巻くも、もちろん口になどできない。

「ウフフ。さーて、お寝坊さん、お昼ご飯にしましょう。ちょっとシャワーを浴びるから待っててね」

麻衣子が通り過ぎるときに、甘酸っぱい汗の匂いがした。

(ママの汗の匂い……嗅ぐだけでチンポが疼《うず》いちゃうよ……)

揺れるスパッツ越しの義母のお尻を見ながら、陽一はかぶりを振った。

母子として仲良くなりたい。

そう思うのに、股間の疼きはひどくなるばかりだ。

2

その日の夕方。

陽一は家の近くのスーパーマーケットでアルバイトをしていた。そして、カップ麺の品出しをしていると、牛のように太った店長から、

「ようやく人が入ってくれたよ」

と言われてホッとした。

というのもこのスーパーは慢性的な人手不足で、若い、というだけで陽一はとにかく色々な仕事をさせられていたのである。

「悪かったねえ、自主的に色々とやってもらって」

「自主的じゃないですよ」

言い返すと、太った店長は笑いながら、ささっと去っていく。

(まったく……人使いが荒いんだから。しかも逃げ足も速い)

次のカートを持ってこようと、いったんバックヤードに戻る。

女性が店長と話していた。

店長が、女性のお尻に手を回している。

(何してるんだ、店長)

さりげなく女性は店長の手を振りほどく。そのときに横顔が見えた。

「あれ？」

声を出すと、女性もこちらを向いた。

「あら、陽一くんじゃないの。えー、ここでアルバイトしてたんだ」

女性が優しく微笑んだ。

白石莉奈《しらいしりな》。

隣りの家の奥さんである。

建売住宅に越してきて、親父と義母との三人の生活をスタートさせたのが先月なのだが、ちょうど同時期に隣の夫婦も同じ建売住宅を購入して越してきた。

朝晩会えば、二言三言くらい会話するし、町内会のお知らせを持っていったときなど、お土産《みやげ》をもらう間柄だ。

「おや、知り合い？」

店長が先ほどとは違って、でれでれしている。

それはそうだろう。

莉奈はかなりの美形なのだ。

いや、かなりなんてもんじゃない。

普通に歩いていても、いい女のオーラが出ていて男の視線を浴びてしまうだろう。高嶺《たかね》の華《はな》を地で行く存在。それが莉奈である。

年齢は三十二歳。

小麦色の肌に、黒々とした肩までのストレートヘア。

切れ長の目がやたらと大きく目力のある、かなりの美人である。

黙っていればクールビューティだが、話すと子どもっぽいしゃべり方で、ときどき甘えるような表情を見せるときもあり、気まぐれな小悪魔タイプである。

麻衣子とはまったくタイプが違うが、美人の度合いなら五分だろう。

「陽一くんは、ウチのお隣の子なんですよ。ねえ」

いつもの甘ったるい声で言われ、見つめられるとドギマギする。

「そ、そうなんです」

「えー、お隣さんか……そうなんだあ。よかったねえ」

店長がちっともよくなさそうに、ぶすっとした顔で言う。

莉奈と知り合いだったことが、かんに障ったらしい。

（というか店長、さっき、莉奈さんのお尻を触ってたよな……莉奈さん、こう見えても人妻だぞ。いや、人妻でなくてもお尻を触るのはよくないけど）

こっちもムッとした。

「店長さん、これからよろしくお願いします」

莉奈が頭を下げた。

店長の細い目が、莉奈の胸元を覗いている。

ゆるゆるの襟元《えりもと》のカットソーだから、胸の谷間とか見えたのかも知れない。

（まったく、この人は……エロい目を隠そうともしないで）

莉奈が頭を上げると、店長は視線を莉奈の胸元から外した。本人はバレていないと思っているようだが、バレバレである。

それでも、なんだか少し機嫌が直ったようで、

「詳しいことは、水野くんに訊《き》いてねー」

とわかりやすく、鼻歌なんか歌いながらバックヤードを出ていった。

「ウフフ。面白い店長さんね」

莉奈が近づいて、覗き込むように上目遣《うわめづか》いをした。

「で、でも人使い荒いんですよ。人手不足もあるけど」

「あら。じゃあ、私が来たら、少しはラクになるかしらね」

「大歓迎です。もちろん」

これほどの美人の奥さんと一緒にいられるなんて、いてくれるだけでラッキーだ。

「うれしいわね、そう言ってもらえると。莉奈ね、あんまりパートとかしたことなかったの。だから不安だったのよねぇ。でも陽一くんがいてよかった」

また身体を寄せられる。

艶々《つやつや》した黒髪から甘い匂いが鼻腔をくすぐり、ふわっと幸せな気分が、陽一を包み込んで照れた。

「いろいろ教えてもらおうかなぁ。陽一くんに」

大きな目が潤んでいた。

艶やかな黒髪、長い睫毛《まつげ》に、美しい切れ長の双眸《そうぼう》。

細身だけど豊かに盛りあがったバスト、ほっそりくびれた腰つきに、タイトスカートを押しあげる成熟味あふれる臀部の肉づき。

服の上からでもわかる抜群のプロポーション。さらには匂い立つようなムンムンとした人妻の色香がたまらない。

三十二歳の人妻は、見た目からしてエロすぎた。

「ん？　なあに？」

身体をさらに寄せられると、カットソーの首元が緩んで、深い胸の谷間が覗けた。褐色の肌のおっぱいの谷間に、薄い紫のブラまで見えた。

（すごいっ、小麦色の谷間がばっちり……わ、わざとじゃないか？）

あざとくて可愛い仕草だった。

（別に誘惑してるわけじゃないはずだ。こういう人なんだ。勘違いしちゃいけない）

そう思いつつも、小麦色の乳房とブラチラと、甘い体臭とムンとする化粧の匂いが相まってクラクラとしてしまう。

「ウフッ」

莉奈が意味ありげに笑い、胸元を手で押さえた。

（しまった……）

やっていることがスケベな店長と同じじゃないかと慌てるも、莉奈はそれ以上何も言わなかった。

（お、落ち着け……もう見ないようにしよう……）

エロい視線を隠して、事務口調で話した。

「せ、説明すると……スーパーって、やることが多いんです。ここは休憩所も兼ねてますが、カップ麺とか常温のものを管理しています。鮮魚とか肉とか惣菜とかは、それぞれ別にバックヤードがあって商品管理と品出しをしています。僕の担当はドライ部門ですから、莉奈さんも一緒に……」

陽一はひととおり話してから、莉奈に何をしてもらおうかと考えた。

「とりあえず、商品の補充を一緒にしましょうか。このカートに乗っている商品を棚に並べていくんです。そのあとにレジとか清掃とか」

「はあ……いろいろやること、あるのねえ」

言いながら、莉奈がカートの商品を見ようと屈んで、こちらにお尻を突き出してきた。生地の薄いタイトスカートに三角のパンティラインが浮かんで、陽一はドキッとした。

(わあっ……くっ、くっきり……莉奈さんのパンティが……)

ついじっくり見てしまうと、スカートのお尻がパンパンに張り出して、フルバックパンティの形がばっちり見えた。

(わ、わっ……パンティのクロッチまで透けてるッ……)

カアッと頭が熱くなる。

(莉奈さんって、細いのに……おっぱいやお尻や太ももはムッチリ……)

ハアハアと息が荒くなるほど、凝視していたときだ。

「なるほどねえ。こうやってカートに乗っけたまま運ぶってわけね」

莉奈が立ちあがる。

慌てて視線をお尻からズラす。

「陽一くんはバイト始めて、どれくらいなの？」

「は、半年くらいですかね」

「半年でいろいろまかせれてるのね。すごいわあ」

「そんなことないですよ。人がいないんです。それよりも莉奈さんこそ、どうしてパートを？　しかもこんなスーパーで？」

こんなスーパーというのは失礼かもしれないが、どうも莉奈には似つかわしくない気がした。

正直、これほどゴージャスな美人なら、もっと稼げて華やかな仕事もありそうだ。

莉奈はしかし「なんでそんなこと訊くの？」という風に首をかしげた。

「だって、家から近いし。最近、夫は帰りも遅いし……時間ができたから何かしようかなって。それだけ」

家から近いと言われれば、確かにそうだ。

このへんにはお洒落《しゃれ》なカフェとかもない、閑静な住宅街である。近くでバイトというなら、このスーパーかコンビニくらいだろう。

「なるほど。じゃあ、あの……どんな感じでシフトに入ってもらえるんですか？」

「陽一くんはどんなスケジュールで入っているのかしら」

「えっ？　ぼ、僕ですか？」

「そうよ。知ってる人がいる方がいいじゃない」

これほどの美人の奥さんと、一緒に働けるなんて……。

(新しい生活、なんか運が向いてきたぞ)

別に何かアクションを起こすなんてつもりは、童貞にはない。

義母の麻衣子と隣の人妻の莉奈。

ふたりの美しい人妻とこうして話せるだけで、パラダイスである。

3

その日の夕食。

「今日も遅いの？　親父」

何気なく訊くと、サラダを持ってきた麻衣子が、キッチンから出てきて優しい笑みを浮かべた。

「お父さまは出張よ。明日の朝から京都で学会があるんですって」

麻衣子がダイニングに皿を並べていく。

ハンバーグにサラダに、付け合わせのポテト。

父親とふたり暮らしの時代は弁当や惣菜ですましていた食卓に、彩《いろど》りがあって改めてジーンとしてしまう。

「そっか。遅いときはよくあるけど、いないのは珍しいね」

「これから出張が多くなるそうよ。お忙しいみたい」

「ふーん」

先日「ママと呼んで」と言われてから、少しずつだが敬語が取れて、なんとか親しく話せるようになった。

だが緊張はまだ取れない。

というか、麻衣子を見ているだけでドキドキするのに、緊張しなくなるなんて、そんな日がくるんだろうか。

黒目がちの大きな目が、本当にキュートだ。

三十八歳のくせに、若い子たちより余裕で可愛いのだから恐れ入る。

ふんわり柔らかく揺れる栗色の髪や、笑ったときのあどけなさにグッとくる。

白いブラウスの胸元は、ゆさっ、ゆさっ、とエッチに揺れており、淡いピンクのフレアスカートから伸びた、ふくらはぎはすらりとしている。

(愛くるしいのに熟女の色気も合わせ持つって、最強だろ……)

ハンバーグに箸《はし》を入れながら、改めて麻衣子を見てしまう。

(待てよ……今夜はママとふたりきりか……)

とはいっても、何をするつもりもない。

だけど一つ屋根の下、ふたりだけだと思うと緊張が増した。

「ウフフ。どう？　美味しい？」

「えっ、ああ……うまいよ」

本当は味なんかわからないくらい、緊張している。

頭の中が「ふたりきり」という事実に支配されていた。

「ウフフーッ、でしょう？　このデミグラスソース、ママのオリジナルなんだから。

私って料理の才能あるのよねえ」

なんて自慢げに胸をそらす義母が、抱きしめたくなるくらいにキュートで、最近はずっと親父に嫉妬気味である。

そんなことを考えながら食べていると、麻衣子の皿がないのに気がついた。

「ママ、食べないの？」

麻衣子がニコッと微笑んだ。

「だって、私もこれから京都に行くんだもん。明日の学会はパーティもあるから夫婦同伴なのよ」

「えっ？」

ガラガラと、もくろみが崩れ去った。

（ふたりっきりじゃなかったのか……）

そりゃないよ。

「そ、それなら一緒に行けばよかったのに……」

「そう思ったんだけど……でも、今日の夕食と明日の朝食。陽くんの分をちゃんと用意しないとね」

「それは……ごめんね、気をつかわせて」

そのときだ。ふわっと甘い匂いが漂った。

麻衣子が頭を撫でてくれたのだ。

「陽くん……気をつかってとか、そんなことないのよ。母親が息子の食事を心配するのは当然でしょう」

「そ、そうだね」

「ウフフ。私、お風呂に入ってからいくから。明日の夕方には帰って来る予定よ」

麻衣子がうれしそうにリビングを出ていく。

そこまで息子のことを考えてくれてうれしい。その半面……。

夫婦で京都のホテルか旅館に一泊なら、日常と違う旅情に流されて、久しぶりのセックスもありえると、暗い嫉妬が渦巻いた。

久しぶり、と思ったのは、このところ親父の帰りがずっと遅いからである。

それになんといっても高齢だ。

おそらくだが……この家に麻衣子が来てから、ずっとセックスレスだと思う。

(そんなときに京都旅行なんて……セックスはしなくても、ふたりでお風呂に入ったり、エッチなことしたり……)

考えれば考えるほど、嫉妬が強くなっていく。

好きになった相手は母親だ……そう言い聞かせて理性を保ってきたのに……。

4

「それじゃあ、行ってくるわね」

麻衣子は陽一の部屋まで来て、明るく手を振ってドアを閉めた。

（あんなにおめかしして……）

メイクした麻衣子は、いつもよりさらに愛らしかった。

うっすらと目元に引かれたチークに、グロスリップで潤った桜色の唇が、彼女をいっそう美しく飾り立てていた。

身体のラインがわかるタイトなグレージャケットの胸は、男の欲望を焚《た》きつけるように悩ましい丸みを見せ、珍しいタイトミニスカートのスリットから、白い太ももがちらりと見えていた。

（親父と会うだけじゃないかよっ……なんであんな格好……）

勉強も手につかない。

だが……。

（ママ、いつもどおりだったよな……ってことは、気付かれてない！　やった）

陽一は胸を高鳴らせながら、一階に降りていく。

洗面所兼脱衣所に入る。

まだ麻衣子の残り香があった。

かすかに湿気も残っていて、麻衣子が今まさに風呂に入っていたのが感じられる。

そして……。

洗面所の棚のところに、歯磨き粉のパッケージがある。

陽一がこっそり置いたものだ。

よく見ないとわからないが、小さく穴が開いている。

パッケージを開ける。

中には歯磨き粉ではなく、超小型のデジカメが入っていた。

陽一はこっそり録画ボタンを止める。二時間ばかり録画しっぱなしだったから、カメラがかなり熱くなっている。

(気付かれなかった……盗撮、成功だっ)

身体が熱い。

このデジカメに、麻衣子の脱衣シーンがあると思うと、見る前から股間がビンビンになってきた。

（ごめん、ママ……）

どうしても。

どうしても、麻衣子の裸が見たかった。

アイドルばりに可愛らしいのに、胸やお尻は大きくて、いやらしい身体をしている美しい義母の、一糸まとわぬ艶姿《あですがた》がどうしても見たかった。

実は一度、風呂を覗こうとしたことがある。

外からまわって、こっそりと風呂の窓から覗こうとしたのだが……見つかりそうになって退散した。

だから、ばれないように、盗撮にしようと思いついたのだ。

（ママ以外には、絶対に盗撮なんて悪いことしないのに……）

家庭内とはいえ……義理とはいえ……母親の着替えを盗撮する息子なんておかしいだろうと思う。

だが相手が麻衣子ならば、話は別だ。

震える指で再生ボタンを押す。

しばらくは誰もいない脱衣場が映っていたが、倍速にしていると、麻衣子が着替えを持って入ってきた。

（と、撮れてる！　しかもくっきりと……ああ、ママ……）

甘酸っぱい痺れが心地よく全身に広がる。

画面の中の麻衣子は、とてもリラックスした様子で着替えを棚に置いた。

そして……。

白いブラウスのボタンを、ひとつずつゆっくりと外していく。

（ああ……ママが……これから素っ裸になる……おっぱいもお尻も恥ずかしい場所も全部、僕に見られるんだよ……ママ……）

両手でブラウスのボタンを外す仕草が色っぽくて、そのシーンを見ているだけで股間が昂《たか》ぶった。耳鳴りがするくらい、心臓が激しく脈動する。

画面の麻衣子は、義理の息子に盗撮されていることなど想像もしない無防備な様子で、ブラウスのボタンをすべて外す。

白いブラウスを肩から抜いた。

麻衣子の白いブラジャーに包まれた大きな乳房が露わになった。

（で、でっか……！）

GとかHカップとかあるんじゃないだろうか。

さらに画面内の麻衣子はスカートのホックを外し、カメラにくるりと背を向けて、スカートを脱ぎ始める。

（次は……ママのお尻だ……）

はあはあと息苦しくなり股間が熱くなっていく。

豊かに張り出した腰つきに、モニターの画面からはみ出るくらいの肥大化したヒップ。

そんな大きなお尻だから、スカートが引っかかってなかなか下りていかない。

（なんてデカ尻……エロすぎるよ、ママ……）

スカートが丸みを帯びた麻衣子のヒップを通過し、むっちりしたお尻がようやく現れた。パンティストッキングと白いパンティに包まれた悩ましいヒップが、画面に大きく映る。

（ああ、ママのお尻……大きくて柔らかそうだ……こんなエッチなお尻をしてるなんて、ママ、犯罪だよ）

息がつまるほどの熟れ尻だった。

画面から甘くて蒸れた匂いが届きそうなほど……ふるいつきたくなるような三十八歳の人妻のヒップである。

（あんなに可愛いママなのに、身体つきはムチムチして……）

鼻息を荒くして、股間をギュッと握る。

肩にも背中にもいい感じに肉が乗っている。

柔らかそうなもっちりとしたマシュマロボディだが、腰のくびれはしっかりとついているから太っている感じはまるでない。

(けっこう体形には気を使ってるもんな……トレーニングをよくしてるし……)

呆《ほう》けたように見つめていた陽一の視線が、さらにねちっこくなる。

画面内の義母が、いよいよパンティストッキングを腰から引き下ろし、白いパンティを穿いたヒップを見せつけてきたからだ。

さらに、麻衣子の両手が背中にまわる。

ごくっ。

喉がからからになって、唾を呑み込んだ。

『……ふふんっ……ウフフ……』

画面内の麻衣子はちょっと鼻歌交じりに、ブラのホックを外しにかかる。

麻衣子が楽しそうにしているから、罪悪感が陽一の心に宿る。

(ママ……ごめん……これからママのおっぱいとお尻を、じっくりと見るよ。これ一回……一回限りだから、オカズ用に撮影したから、もうママを襲おうとかそんなこと

絶対に考えないから）

　もし父親がいない夜が来たら、麻衣子をベッドに縛りつけ、口をガムテープか何かで塞いでレイプしようかなんて、とんでもない妄想をしたこともある。

　だが、この着替えシーンがあれば十分だ。

（あっ！）

　ホックが外れて、義母のブラがくたっと緩んだ。

　後ろからでも、すさまじい横乳のふくらみがわかる。

（おっぱいが、身体からハミ出てる！　すげえ、すごすぎるっ）

　ブラジャーを抜いてから、いよいよ麻衣子の両手が、純白のパンティにかかる。

　ゆっくりとパンティを下ろしていくと、無防備な桃尻が画面いっぱいに映し出された。

　張りつめた量感と丸みに、陽一の息はハアハアと乱れる。

（ママのナマ尻っ！　これがママのお尻なんだ……）

　かぶりつきたくなるような、熟れた果実のようだった。

　想像以上に肉付き豊かな義母のヒップを目にしてもう、陽一は意識がなくなりそうなほど興奮しきっていた。

「ママ……ママッ……」

愛しい人の呼び名を連呼しながら、陽一は棚の上にデジカメを置いて、ジャージの下とパンツを下ろした。

ガマン汁でぬらついた勃起は、臍《へそ》につきそうなほど急角度だ。

(ママを汚すよ……ごめんね、ママ……)

部屋に戻るまで、もたなかった。

陽一は義母のまろやかで熟れきった裸身を見ながら、勃起の根元をつかんだ。

「キュートなのに、エロい身体して……」

四十路《よそじ》近い熟女らしい豊かな腰のくびれから、大きく広がる双臀、さらにムチムチの太ももへと続く成熟した女のラインが、男の欲望をこれでもかと誘ってくる。

(お、おっぱいも……おっぱいも見えないかな……)

期待しながら凝視していると、画面の麻衣子は屈んで、着ていた服や下着を脱衣カゴに入れた。

丁寧に下着は服の下に入れて……。

そこで陽一はハッとした。

脱衣カゴを見る。

今このカゴには、画面に映った麻衣子の脱ぎたての下着が入っている。
興奮のボルテージがさらにあがった。
（ママのパンティやブラジャー。匂いや味も……嗅いだり、味わってみたい）
盗撮だけでなく下着も漁《あさ》るなんて……なんてひどい息子だ。
だが今夜は陽一ひとりだけだ。
咎《とが》めるものはいなかった。
（み、見るだけ、見るだけだからね、ママ）
そっと服をどかす。きちんと畳まれた純白のブラジャーとパンティがあった。
だめだ。
もう欲望が止まらない。
思わずブラジャーを手に取ってしまう。
手のひらを広げたぐらいの、ブラカップの大きさに目を見張る。
（ブラ、で、でっか……あっ、タグにGってある。ママってGカップなんだ……）
続けて、純白のパンティを手に取った。
さらさらしたサテン地のパンティは、腰まで包み込むフルバックタイプだった。
いかにもおばさんの普段使いのパンティだった。

可憐な義母の、見てはいけないところを見てしまった気がした。

(腰が冷えたりするのかな……でも、こんなにぴったりしたパンティだったら、穿いてたら中が蒸れちゃうよな)

考えたら、もうガマンできなくなった。

震える手で使用済みの熟女パンティを広げれば、クロッチの部分に舟形のシミがべっとりついていた。

シミ……？　まさか、お、おしっこ？

震えながら鼻先を近づける。

ほんのりアンモニア臭がするような気もするが、それよりも甘味と酸味の混じり合ったツンとした匂いに、ドキドキが強くなる。

(おしっこじゃない……なんかエッチな匂いがする)

ちょうど女性器が当たる部分だ。

(もしかして、愛液ってやつじゃないか？　女性が興奮したときに出る体液……)

一気に身体が熱くなり、そっと舌を差し出して、麻衣子のパンティの汚れた部分を舐《な》めた。ピリッとした味だった。

思ったよりも濃くてキツいのに、あの愛らしい義母が分泌したものだと思えばずっと舐めていたくなる。

もうどうにもならなかった。

クロッチの部分に鼻を押しつけ、匂いを思いきり吸い込んだ。

「ママ……ママのおまんこの匂いっ……分泌した汗や、体臭も……ごめん……僕、ママを犯すよ……」

麻衣子のパンティを嗅ぎながら、右手を動かした。

「っく」

ふわりと高揚が背筋を這いのぼった。

「ママ……出すよ……ママの中に……ママは僕のものだ……ッ」

禁断の中出しを想像した。

《あ、あああん……だめっ！　いやっ……陽くん……私、義理でも、あなたのお母さんなのよ……息子に中出しされるなんて……》

《あ、あああん……好きっ、陽くんっ……お父さんよりも……あああん、おっきくてすごい……いっぱいっ……いっぱい出して……》

妄想は都合がいい。

凌辱と寝取りと、ふたつの都合のいいシーンをミックスさせたときだ。

間を置かず、熱い樹液が噴きあがる。

「ママっ……こんなにいっぱい……孕《はら》んじゃうかもね……ママ……」

陽一は息を喘がせて、暗い欲望をつぶやいた。

とんでもないことを言いながらも、射精はまだ終わらない。

今までに、出したことない量だった。

腰が痺れて意識がうつろだ。

(こんなにいっぱい出したのは初めて……ああ、ひどい息子だ。ママをおかずに盗撮して汚れた下着まで使って……しかも妄想の中でママを犯して……)

これほどまでに欲情するのは麻衣子だけ。

でも、母親だ。

好きになってはいけない人だ。

陽一はハアハアと肩で息をして、パンティの匂いを嗅ぎながら、床に落ちた白濁液を見ていたときだ。

背後で、ばさっと音がした。

ギクッとして振り向けば、京都に行くために家を出たはずの麻衣子が、呆然と立ち尽くしていたのだった。

第二章　隣家の人妻との蜜戯

1

（ああ、僕はなんてことを……）

陽一はうなだれつつ、麻衣子に言われたとおりにリビングのソファに腰掛ける。

「どうしてこんなことしたの？」

隣に座ってきた麻衣子から、キツい口調で言われた。

テーブルの上にはデジカメがあった。

まだ麻衣子の着替えシーンは、削除していない。

「黙っていたら、わからないでしょう？」

小さな子どもを叱るような口調だった。

恥ずかしくて、消えてしまいたい。

義理でも母親のヌードを見ながら、その母親の汚れたパンティの匂いを嗅いで自慰行為をした……それを一部始終、見られてしまったのだ。

(まさか戻ってくるなんて……)

麻衣子が出発したのは夜の八時過ぎだ。

これほど遅い時間に出たのなら、もう戻ってくることはないと油断した。

麻衣子は忘れ物を取りに家に戻ってきたのだが、陽一が勉強しているかもしれないと思って、声をかけずにそっと中に入った。

そして見てしまったのだ。

義理の息子が母親である自分のパンティの匂いを嗅ぎ、オナニーしていたという衝撃シーンを……。

「ご、ごめんなさい」

とにかく謝るしかなかった。

麻衣子が困ったような顔をしている。

大きな瞳が、戸惑うように揺れている。恥ずかしそうな表情がキュートだ。

(こんなときだけど……ママって、可愛いな、やっぱ……)

怒られているのに、キュンとした。

隣にいる麻衣子から、甘いリンスの匂いが漂ってくる。

薄手のジャケットの胸元が、いつもより大きく感じられるのは、ブラジャーのタグを見てしまったからだ。Ｇカップと知ってしまえば、ますます興奮してしまう。

さらにタイトミニスカートだ。

座っているから、きわどいところまで太ももが見えていた。

ストッキングのぬめった光沢に包まれた、ムッチリした太もも。

若い女にはない、完熟ヒップから太もものラインは、なんとも官能的でエロすぎた。

（あっ……！）

まずいと思って、さりげなく手で股間を隠す。

ジャージ越しにも硬くなった肉竿《にくざお》のテントが当たっている。

（やばいな。怒られてるのに股間をふくらませたら、火に油を注ぐようなもんだ）

顔を上げる。

案の定だ。

麻衣子がミニスカートの裾《すそ》を押さえて睨《にら》んでいた。

「陽くん！　怒られているのに、それはなんなのっ……あなたが、その……そういう女性の裸とかに興味を持つのは仕方ない年頃だとわかるわ。だけど、私はあなたのお母さんなのよ」

まくしたてるように麻衣子が言った。

「ごめんなさい……気持ち悪かったよね。息子が、その……ママの穿いていたパンティの匂いを嗅いだり舐めたりしたこと……」

うつむきながらも、ちらりと麻衣子を見る。

麻衣子は首まで真っ赤に染めて、イヤイヤをした。

「そ、そんなこと口にしなくていいから……ああ、どうして私みたいなおばさんの下着なんか……陽くん、モテるでしょう？　こんなおばさんのパンティにイタズラしても楽しくなんかないでしょう？」

「そ、そんなことない。したいと思ったのはママだけなんだ。他の女の人にはそんな気持ちにはならないよ」

「どうして？」

麻衣子がくりっとした目を向けて、訊いてきた。

「どうしてって……その……可愛いから……」

「え？」

麻衣子が眉をひそめた。

まずい。ついつい興奮して口に出してしまった。

いや、もう口にしたなら……気持ちを伝えたかった。

どうせもう隠し通すことなんて、できないんだ。

「可愛いんだよ、ママって……」

「かわ……か、可愛い？　えっ……な、何を言ってるのっ……！」

怒っていながらも、その表情は照れているようにも見える。

顔も赤くなっている。

「ま、待って……ママ……ッ……話を訊いてッ」

麻衣子の手首をつかんだときだ。

とっさにつかんだだけなのに、勢いが余って、そのまま麻衣子を引き寄せてソファに押し倒してしまう。

「陽くんっ！　な、何をする気なの！」

涙目で麻衣子が抗《あらが》った。

「いや、あの、違う……」

「ああっ、だめよ……私、義理でもそんな……お母さんなのよっ」

かなり慌てふためいている。

どうも、気が動転しているのか、陽一が襲ってきていると勘違いしているらしい。

「いや、あの……転んだだけだってば……」

言い訳しても、麻衣子がジタバタして聞いてくれない。

参ったな、と思っていると、麻衣子が、くすんとすすり泣いて、くりくりの目で顔を赤らめながら、こちらをじっと見つめてきた。

「わ、わかったわ。陽くん……その……手でしてあげるから……お願い。私なんかでいいのかわからないけど……それで許してっ……」

「へ？」

麻衣子は涙ぐんでいる。

(天然キャラというか、早とちりというか……早く誤解を解かないと……)

違うよ、と言いかけて陽一は思った。

(待てよ……今、手って言ったよな。ママが手コキしてくれるってこと?)

にわかにときめいた。

どうせ関係がぎこちなくなるなら、一度でいいから麻衣子の手で導いてもらって、それを記念にしたい。

陽一はセックスどころか、キスも、女性と手をつないだこともない。

初めての手コキが憧れの麻衣子ならうれしすぎる。

「ホントに？　い、いいんだね、ママ」

暗い欲望が宿る。

麻衣子は、ぐすっ、と涙目になりながら、小さく頷《うなず》いた。

（やったっ……！）

この機会を逃したくない。

立ちあがり、ジャージの下を脱ごうとした。

（女の人の前でパンツを脱ぐって、結構緊張する……）

麻衣子を見れば、ソファに座ったまま恥ずかしそうにしながら横を向いている。

相変わらずミニスカートがめくれ、白い太ももが見えている。

膝を閉じているものの、三角のデルタゾーンがもう少しで見えそうだ。

（パンティ、見えそう……きっと下着もお気に入りをつけているのでは……？）

恥ずかしさより興奮が勝る。

思いきってジャージの下とパンツを下ろすと、勃起は硬くみなぎって、ガマン汁を噴きこぼしていた。

「あンっ……」

麻衣子が、うわずった声を漏《も》らしたのが聞こえた。

ハッと見れば、麻衣子は横を向いているものの、その愛らしい顔は茹《ゆ》であがったみたいに朱色に染まっていた。

（ママが……僕の勃起を……い、意識してる……）

それだけでハアハアと息が荒くなった。

「あの……ママ……もう少し近くに来て……」

言うと、麻衣子は唇を嚙《か》みしめながらも、ソファから降りて陽一の足下に来て、カーペットの上にぺたりと座った。

そして、ため息をつきながら手を伸ばしてくる。

麻衣子の指が直《じか》にペニスに触れた。

（ウソみたい……ママが僕のチンチンに触れているなんて……）

これだけでも夢心地だった。

充血した男性器に、初めて女性の手が触れた。

しかも相手は憧れの麻衣子である。

好きになってはいけない義母から、エッチなことをしてもらっている。その興奮に温かくしっとりした指の感触も相まって勃起が脈動する。

「あンっ……陽くん……こんなに……」

麻衣子の指が、ペニスの形や大きさを推《お》し量《はか》るように、いやらしく動いている。おそらく無意識に親父のモノと比べてしまっているのだろう。

「ああ……ママ……気持ちいいよ……」

気持ちを伝えると、麻衣子の美貌はハッとしたように意識を取り戻して、また泣き顔を見せた。

「ううっ……こんなの……だめなのに……陽くん、ひどいわ」

ぐすっ、ぐすっ、と、ぐずりながらも麻衣子の指が動いている。

（息子の性処理道具になり下がっているんだ。恥ずかしいだろうな）

涙で濡れる麻衣子を見ているとつらい。

なのだが……しかし、加虐の心が湧き立ってしまうのも確かだ。

「も、もっと……ママ……先っぽとかも、指でいじって……」

麻衣子がちらりと上を向いた。

うるうると瞳が潤んで、口惜しそうに下唇を噛んでいる。

（ああ、そんな表情されたら、もっと興奮しちゃうよ）

一度射精していなければ、もう出していただろう。

それほどまでにすさまじい刺激だった。

（すごい……これが……女の人に手でしてもらうってことなんだ……）

細い指が根元から先端をこすっていた。

あまりの気持ちよさに何も考えられず、仁王《におう》立ちした足を震わせる。

「ああ……た、たまらないよ……」

麻衣子の指がカリ首の敏感な部分をこすったとき、思わず声が出てしまった。

足下に膝立ちする義母の肩に手を置いて、陽一は目を白黒させながら、ハアハアと熱い喘ぎをこぼした。

切っ先からはぬめったガマン汁を、とろとろとこぼしてしまう。

麻衣子が顔を上げる。

「こんなにぬるぬるさせて……怒られている間も、ずっとこうだったの？　パンツの中、気持ち悪かったでしょう」

目尻に涙を溜めつつ、麻衣子が言う。

「う、うん」

頷くと、麻衣子は、ぐすっと鼻をすりつつ、根元をしっかりと握り込んできた。

「つらかったのはわかるわ……だから……一度だけよ。絶対に一度だけ。陽くん……早く出して……」

麻衣子の艶っぽい声が漏れる。

しなやかな指が肉竿の先にからまり、ゆっくりと動いていた。

「くううっ……」

「私、こういうことしたことないの……だから加減がわからないんだけど……これでいいのかしら……若い男の子って敏感っていうけど、痛くない？」

くすん、くすん、と鼻をすすりながら、義理の息子のペニスをギュッ、ギュッと優しく握り込んでいる。

きっといやなのだろうけど、息子を思う気持ちは優しい。

罪悪感が増していく。

「痛くないよ……ママ……ごめん……こんな息子で……嫌いになっちゃうよね」

麻衣子は首を横に振る。

「そんなことないわ。でも、陽くん……もう二度とママにエッチなことしないって約束してね。これを思い出にして」

麻衣子は敏感な尿道口に指をあてがい、くりくりと刺激してきた。

「うっ……」

今までにない鮮烈な愉悦《ゆえつ》に、陽一は腰をひくつかせる。

さらに麻衣子はぬるぬるしたカウパー液を、勃起全体に塗り込むように、切っ先から根元までをゆったりしごいてきた。

これが最後、という気持ちが、手コキを大胆なものにしているようだ。

先端部から腰に向かって、くすぐったさをともなった快感が走り、陽一は脚をガクガクと震わせる。

「ああ、す、すごいよ、ママ……そんなにこすられたら……」

「き、気持ちいいの？　陽くん」

涙目の麻衣子が見あげてきた。

「いいよ、すごく……」

「ぐすっ……ホント？」

涙目を手でこすりながら、麻衣子は恥ずかしそうにちょっとはにかんだ。

「うん……もう出そう」

「出ちゃいそうなのね……そんなせつなそうな顔をして……いいわ。いつでも好きなときに出して……」

いつしか麻衣子の呼吸が荒くなってきた。

（えっ？　ママ……なんか興奮してない？）

麻衣子は両方の踵《かかと》に大きなヒップを乗せている。

そのお尻が、じりっ、じりっ、と、もどかしそうに左右に揺れているのだ。

（ヒップが、じれったそうに動いてる……これって感じてるってことだよな）

そう思っていたら、麻衣子のペニスを握る手つきが次第にいやらしく、指の動きがからみつくようになっていく。

「ああ……」

思わず吐息が漏れた。

（すごい光景だ……一生忘れないよ）

もっとこのエロい光景を目に焼き付けようとじっくり見ていると、麻衣子の汗が白いブラウスの胸の間に流れていくのが見えた。

「む、胸……」

「え？」

麻衣子がハッとしたように、さっと自分の胸元を手で隠した。

その恥じらいの行為が、陽一の興奮に拍車をかける。

「む、胸……ママ……ちょっとだけ、おっぱいが見たい……ブラつけてていいから」

麻衣子が眉をひそめた。

「だ、だめよっ……これだけでもつらいの……ママの胸を見せるなんて」

「だって、一度出しちゃったから……少し時間かかりそうだし……ママ、早く京都に行かないとだめなんでしょう？」

なんて息子だ。脅迫するなんて。

だけど、深い欲望に負けた。

「陽くん……そんな……」

麻衣子がうつむいて、左手の親指の爪を噛んだ。

おそらくどうしようか考えているのだ。

少しの間そのままでいたが、やがて左手でブラウスのボタンを外していく。

(うわっ、ぬ、脱いでる……いいの？)

見せてくれないと思っていたので、驚いてしまう。

息をつめて見ていると、ピンク色の華やかなブラジャーが見えた。

(ああっ……やっぱり。余所《よそ》行きの可愛いブラなんかつけてっ)

カアッと胸が焼けた。

親父に見せるためのものだと思うと、暗い気持ちが湧く。

「ブラつけててもいいけど、ブラウスは全部脱いで」

麻衣子が両目を見開いた。

「……どうぞ。好きにしたらいいわ……こんなおばさんのおっぱいなんて」

はあっ、とため息をついて、麻衣子はブラウスのボタンをすべて外すと、恥ずかしそうにうつむきながら、ジャケットとブラウスを肩からすべらせて脱いだ。

（むううう……でっか……）

あまりの刺激的な光景に、陽一は目を見張った。

麻衣子の乳白色の上半身に、身につけているのはピンクのブラだけ。

画面越しに見えた、義母のGカップバストは、生で見るとすさまじい迫力である。

「ああん」

麻衣子が恥ずかしそうに身じろぎするだけで、豊かなバストは、ぶるるんと揺れ弾む。見ているだけで股間が疼く。

「やんっ……ビクビクしてる……」

麻衣子が睨んでくる。

「だって……ママのおっぱいが、いやらしくて……」

「……いやらしいなんて……単におばさんの体形の崩れたおっぱいなのに……どうして私の裸なんか……キレイで若い子は大学にもいっぱいいるでしょう」

「そんなことない。同級生の女の子よりも、ママが可愛いよ」

正直に言うと、麻衣子が困った顔をする。

「……そ、そういうお世辞なんか、いりませんッ」

「違うよ、ホントにママのこと……くぅっ」

もう言わないで、とばかりに、いきなり麻衣子の右手が激しくシゴき立ててきた。

(う、うわああ……ちょっと強いけど……き、気持ちいいよぉ……くううう)

イキそうだった。

「ママ……も、もっと手を速く……」

「え？　これ以上？　痛くないの？」

「大丈夫だから」

「でも……ちょっと赤くなってるのに……」

麻衣子は少し考えてから、口をわずかに窄《すぼ》ませた。

(えっ……な、何してるの？)

麻衣子の口から出た生温かい透明な液が、指の輪から飛び出している亀頭の部分にたらりと垂れた。

「くっ、えっ……おおう……マ、ママっ……僕のチンポに唾を垂らすなんて……」

信じられなかった。

義母が唾をツゥーッと蜂蜜のように垂らし、亀頭にコーティングしてきたのだ。

泡立つ唾液が潤滑油となって、指の動きがスムーズになる。

麻衣子がシゴくたびに、ねちゃ、ねちゃ、と、いやらしい音が立つ。

「ああ……ママがこんなエッチなことをするなんて……」

「だっ、だって、陽くんのこれ、痛そうだったんだもの。陽くんのオツユだけじゃ足りないかなって」

頬をバラ色に染めた麻衣子が、恥ずかしそうにうつむきつつ、いよいよ要望どおりに手コキを速めてきた。

「ああ……あああ……」

痺れるような愉悦が身体全体を包んでくる。

いつもの射精前の甘い陶酔だった。

尿道が痛いほど熱くなって、欲望がせりあがってくる。

「く……ううっ……ママ……いい、いいよっ」

麻衣子は息子のとろけ顔を見てから、諦めの息を吐いた。

「いいわ。最後だから……好きにして……今日だけよ……ママの手を使って気持ちよくなって……」

目の下をねっとり赤らめ、上目遣いに見つめながら、ちゅく、ちゅく、と手コキの動きをさらに速めていく。

ぐすん、とすすり泣きしながら息子の性処理をする義母が、なんとも可哀想《かわいそう》だ。

だけど……こうしていじめられている姿に猛烈に興奮する。

（一生懸命、僕のホントのママになろうとしてくれているのに……そんな新しいママを、僕がエッチなことに使ってるなんて……）

もうギリギリまで昂ぶってきた。

「出るっ……ママ、ティッシュか何か……」

「ああん、出そうなのね……」

麻衣子がきょろきょろまわりを眺めてから、ハアッと息をついた。

「ねえ、目をつむってて、陽くん」

「え？」

「いいから」

なんだかわからないが、言われたとおりに目をつむる。

勃起から手が離された。

（な、なんだろ……）

薄目を開けると、麻衣子が恥ずかしそうにしながら、自分のタイトミニスカートをまくっていた。

（え？　な、何をしてるの？　ママ……スカートなんかまくって……えええ？）

さらに麻衣子が両手をスカートに差し入れる。

パンストに包まれたピンク色のパンティがチラリと見えて、ドキッとしたときだ。じろりと睨まれた。

陽一は慌ててギュッと目をつむる。

（今、ママは何してたんだ？　まさか、僕の性器に触れて興奮しちゃって、パンティが濡れてきたのでは？）

童貞ならではのエッチな妄想にふけっていたときだ。

亀頭部が柔らかな布で包まれた。

なんだろうと目を開けると、ピンクの肌触りのいいクシュクシュした布が、勃起に巻かれていた。

麻衣子が恥ずかしそうにしている。

陽一はハッとした。

(これ……ママが今まで穿いてたパンティだ!)

間違いない。

パンストが床に丸まって落ちている。

憧れの義母の身につけていた薄いピンクのパンティが、唾液やガマン汁でべとべとになった亀頭部に被せられているのだ。

「こ、これ……ママのパンティだよね……」

興奮気味に言うと、麻衣子はうつむきながら小さく頷いた。

「だ、だっ……だって、ティッシュもタオルも近くになかったし……この服に出されたら困るから……下着だったら替えはあるし……その中に出して、陽くん」

麻衣子はまたグスッと鼻をすする。

(ママのパンティ……ああ、柔らかくて……ママのアソコのぬくもりが……)

三十八歳の熟女の蒸れた股の熱気がまだパンティに残っていて、亀頭部に刺激を与えてくれる。

しかもだ。

切っ先は、義母の陰裂を包んでいたクロッチの裏側にある。

(ママのおまんこに当たっていた部分に、僕のチンポが当たってる)

これって間接セックスじゃないか。

しかもだ。

今、麻衣子はしゃがんでいて、白い太ももが見えている。

あのスカートの奥はノーパンだ。ドキドキした。

「ママの……パンティ……あったかいよ……ママとエッチしてるみたい」

うっとり言うと、麻衣子が目尻に涙を浮かべて、イヤイヤをした。

「ねえ、お願い……言わないで……何も考えないでっ……私のパンティの中に出していいから」

麻衣子の手が、脱ぎたてパンティの上から亀頭を握ってきた。

下着コキ……とでもいうのか……パンティで勃起をシゴかれて、甘美な快楽が一気に全身を貫いた。

「くううっ……ママのパンティ……気持ちよすぎて……あああ……で、出る」

一気に目の前が白くなる。腰がとろけたそのときだ。

「ああ……」

ぴゅるるる……と音がしそうなほどの大量の白濁液が、人妻の脱ぎたてパンティのクロッチを汚し、吸収しきれずにパンティをふくらませていく。

（気持ちいい……最高だ）

全身の骨が砕けたようだった。足もフラフラして、目の前がぼやけている。

「あん……すごいわ……若い男の子って、こんなに出るの？　熱い……」

麻衣子が驚きつつ、ギュッとパンティ越しに亀頭部を握りしめてくる。

やがて出し終えたのを麻衣子は確認し、パンティを肉棒から離した。

握りしめているパンティが、精液でぐちょぐちょだ。

「あの……最後だからっ……そのパンティ……ひ、広げて見せて、ママっ」

興奮でとんでもないことを言ってしまった。

麻衣子の顔が紅潮する。

「な、なんてことを言うの……陽くん」

「だって、今日だけは特別って……ママとの最後の思い出にしたいから……ママのパンティを汚したのを見ることで、ママとエッチし終えた気分になるから」

必死だった。

その必死さに気圧《けお》されたのか、麻衣子が握っていたパンティを、震える手で広げて見せてきた。

「……これでいい？」

「も、もっと広げて……ク、クロッチの部分を見せてっ……」

言うと麻衣子が睨んできた。

目尻にまた、涙が溜まってきていた。

「ああん、もうっ……エッチ……わ、わかったわ……好きなように見なさい」

麻衣子が顔をそむけながら、自分のパンティを裏返し、両手をあやとりするようにクロッチ部分を広げて見せてきた。

(うおおおっ)

クロッチの部分にわずかに濁ったクリーム色の染みがあり、それが陽一の白濁液にまみれて、アイスコーヒーみたいな色をつくっていた。

白濁の量はすさまじく、結局パンティでも吸いきれなくて、リビングのカーペットに、ぼたっ、ぼたっ、と垂れてしまう。

ツンとした栗の花と酸っぱいような生魚の匂いが、あたりに広がる。

「ううっ……ひどいわ……陽くん。ママの穿いていたパンティを、息子の目の前で広げさせるなんて……最低っ……」

麻衣子は真っ赤な顔をして、また涙をにじませてしまうのだった。

2

(ママの汚れたクロッチお披露目プレイ……最高だった)

あのキュートな麻衣子が、恥ずかしそうに自分の穿いていたパンティを広げて見せてきた。泣きながら、である。

だが……。

パンティを広げて見せていたときに、恥ずかしそうに顔をそむけながらも、息をハアハアと弾ませていたのを陽一は見てしまった。

(ママ、義理の息子に辱《はずかし》められて泣いてた。でも……興奮してたよな)

はっきりとはわからない。

だが陽一には欲情しているように見えたのだ。

それを確かめたかったが、しかし、それはもう無理だ。

あれは一度きり。そういう約束だ。

義母との一件から二日後。

陽一はため息交じりにバイト先のスーパーマーケットのバックヤードに向かっていた。

「ああ水野くん……おはよう」

牛田店長、じゃなかった、牛みたいな太った店長が、ぶすっとした顔でぶっきらぼうに挨拶してくる。

(なんだよ、まだ怒ってるのか)

パートのキレイな人妻が、陽一の知り合いだったというだけで、ずっとこの調子である。

土日を挟めば機嫌も直るかと思っていたが、どうも根深いらしい。

それにしてもだ。

激太り中年の拗《す》ねた様子は気持ち悪い。

「おはようございます。あのですね、店長。僕は莉奈さんとなんの関係も……」

「あーっ、莉奈さんって名前で呼んだ！」

店長は、ぷんぷんと怒って行ってしまった。

(子どもか……)

そう思って呆れていたら、店長は脚立《きゃたつ》を持ってきた。

「ここの電球、切れかかっているから取り替えて」

「あっ、はい」

脚立を渡すときに、落ちればいいのに、と、ぽつり言われてゾッとした。

店長が去った後、一応細工はないかと脚立を調べていたときだ。

「おはよ、陽くん」

背後で莉奈の声がした。

バイト先が一緒になってから、莉奈とずいぶん親しくなって、陽くんと呼ばれるようになった。

「あっ、おはようございます」

振り向いたときに、その格好に驚いて声が裏返ってしまった。

上はおっぱいの谷間が見えそうな、Vネックの白いサマーニット、下は太ももが見えるデニムのショートパンツという露出満点の格好だったのだ。

(小麦色の健康的な谷間が……太ももが……)

陽一は必死に見ないようにするものの、莉奈にめざとく見つけられて、ウフフと笑われる。

「ねえ。普通、もうちょっと隠さない？　そういうエッチな目って」

「ご、ごめんなさい」

カアッと顔が熱くなる。

(だ、だって……こんなエッチな格好で……)

この格好にエプロンをつけて前から見たら、裸エプロンになってしまうだろう。

「あ、あの……そういう過激な格好は……スーパーでは禁止で……」

「あら？　スカートじゃなければ、よかったんでしょう？」

今日は黒髪ロングをポニーテールにしているから、さらに若々しい感じで、三十二歳の人妻とは思えぬ雰囲気だ。

だけど太ももやお尻のボリュームが、二十代の若さにはない、ムチッとしたエロさを醸し出している。

「だ、だって……その格好でエプロンなんかつけたら、裸に見えちゃいます」

「やん、エッチ。そうかなあ。そんな風に見えちゃう？」

莉奈が困った顔をする。

この人は天然というよりも、わかっててやっている気がする。

「み、見えますよ。とにかく露出しない格好で」

「ウフフっ。陽くん、真面目ねえ」

「ふ、普通ですから……」

近づいてくるだけで莉奈から甘い匂いがする。

何もしないでいると、ずっと莉奈のおっぱいや太ももを視姦してしまうので、脚立を置いて登ろうとしたら、足を滑らせて本当に落ちそうになった。

莉奈が笑っている。

「何？　脚立に乗ったことないの？」

「いや……そういうわけじゃないんですけど……」

「ちょっと貸してみて」

「え？」

「いいから。あの電球を替えるのかしら」

陽一が降りると、莉奈はすいすい脚立を登っていき、二段目のところまであっという間に行ってしまった。

「陽くん、替えの電球ちょうだい」

莉奈が上から声をかけてきた、

「あ、はい」

陽一が渡すと、彼女は手際よく、切れかかっている電球を外しにかかる。

(慣れてるな……え？)

莉奈は脚立の二段目に乗って、両手を伸ばしていた。

必然的に真下から覗く格好になる。

すると、莉奈のデニムショートパンツの隙間から、ちらりと別の布地が見えた。

太ももの隙間から、サテン地のあわいラベンダー色のパンティが覗けてしまっているのだ。

(莉奈さんのパンティ……セ、セクシー過ぎるっ)

パステル調の下着が、小悪魔な莉奈に似合っている。

(きわどい短さのデニムショーパンなのに……エッチなパンティ穿いて……)

見てはいけないと思うのに、目が吸い寄せられてしまう。

股の食い込み具合まで見えた。

汗ばんでいるようで、蒸れたアソコの匂いがここまで漂ってきそうだ。

(す、すご……ママのパンティに続いて、隣家の人妻のパンティも拝めるとは)

あまりに刺激的な光景に、陽一の警戒心は半減していた。

気がつくと、莉奈は電球替えの作業を終え、脚立を下りるために下を向いていたのだ。

思いきり目が合った。

（まずいっ、見てたのバレた）

女性は男のエッチな視線に敏感だと聞いている。

莉奈は降りてくると、ウフッと笑って、色っぽい流し目を向けてきた。

「男の子ねえ。あんな風に莉奈のおまたを熱っぽく見てくるなんて……麻衣子さんだけじゃ物足りなかったのかしら」

「はっ？」

陽一は目をパチパチさせた。

なんで義母の名が、隣の奥さんから発せられるのか。

わからないままに戸惑っていると、莉奈がギュッと横から抱きついてきた。

（は？　えええ？　お、おっぱいが……当たってる……）

右肘に、莉奈の豊かな胸のふくらみが押しつけられている。

弾力のある大きな乳房の柔らかさと、濃厚な女の匂いにクラクラした。

莉奈は陽一に屈めと手で合図する。

わけもわからぬまま少し屈むと、莉奈が耳元に口を寄せてきた。

「ウフフっ、陽くん。私、陽くんの秘密を知ってるのよ」

「えっ……うっ！」

耳に吐息を吹きかけられた。

ゾクッとした震えとともに、莉奈のしなやかな指が、陽一のズボン越しに優しく股間のこわばりを撫でてくる。

「庭で自分の家のお風呂を覗いてたの……あれ、麻衣子さんを覗いてたんでしょ？」

どっと汗が噴き出した。

「そ、それは……」

「ウフフ。ウチのベランダの一番端に立つと、ぎりぎりあなたのお家の中庭が見えるのよ」

顔が真っ赤になる。

ベランダの方角から、莉奈の家からはウチが見えないとばかり思っていた。

不覚だった。莉奈が笑う。

「ウフッ。そうよね……あんな素敵な人だもの、ガマンできないわよね。ねえ、覗いただけ？　他にはエッチなことしてないの？」

まじまじと見つめられて、ドキッとした。

頭に浮かんだのは、盗撮と麻衣子の手コキである。

「……ウフッ。なあに、その間は？　あるのね、他にも。もしかして麻衣子さんをイタズラしたり、襲ったりしたことかしら」

「し、してません……ッ！」

手で額の汗を拭う。

莉奈は陽一の焦っている様子を見てから、妖艶《ようえん》な笑みをつくる。

「まだ時間あるわよね。ちょっと来て、陽くん」

と、踵《きびす》を返してバックヤードの奥に進んでいくのだった。

3

莉奈は乳製品のあるバックヤードに陽一を呼んで、ドアに鍵《かぎ》をかけた。

わりと値段の高い食材があるからか、ここだけは鍵がかかるのだ。

「若い男の子だもの、もやもやしちゃうんでしょう？　ウフフ。お隣のおねーさんに正直に言ってご覧なさい。麻衣子さんと何があったの？」

またギュッとされて、陽一は身体を熱くする。

（莉奈さん、香水に紛れて汗の匂いがする……甘いっ）

さらに押しつけられている、胸の柔らかさにクラクラした。

「ママ……いや、義母とは、もう別に……」

「もう？　もうって何かしら？　もうってことは、前は何かあったのね」

しまったと思っても遅かった。

「あ、あのっ……莉奈さん、どうして僕のことなんて……」

「ウフッ。だって……お隣さんだもの、気になるわよ。隣家のどろどろした近親相姦なんてドラマみたい。正直に言わないと、麻衣子さんにお風呂覗いてたこと言っちゃうけど」

それはまずい。

盗撮と下着へのイタズラと、無理矢理させた手コキで、かなり関係がぎこちなくなっているのだ。

もうこれ以上、麻衣子の心証《しんしょう》を悪くさせたくない。

仕方なしに口を開いた。

「ちょっと着替えを覗いただけです」

すると麻衣子が、楽しそうに笑った。

「それだけじゃないでしょう？　今朝、あなたたちふたりを玄関先で見たけど、すごくよそよそしかったわ。ケンカでもしたみたい。絶対、何かあったわ。女のカンよ」

もっと身体を密着してきた。

「な、何もないです……ホントです」

「若い男の子の性欲を解消させてあげたりとか、ないの？」

「えっ……」

息がつまった。

（み、見たのか？　いや、カンで言ってるのか？）

莉奈が陽一の様子を見て、さらにつめてきた。

「あるのね。正直に言いなさい」

しなやかな指で、ズボンの股間を触られた。

「ひゃっ……い、一回だけです……」

思わず口にしてしまった。もう逃げられない。

義母に手コキしてもらったことを莉奈に話してしまった。

「お手々で導いてあげたってわけか……ふうん……麻衣子さん、意外と大胆なのね」

「僕が襲ってくると勘違いしたんです。代わりに手でするから許してって」

莉奈が睨んできた。

「……陽くん、ホントに襲ったんじゃないの？」

「そんなこと……えっ？」

莉奈は陽一をバックヤードの壁に押しつけると、いきなりしゃがんで、陽一のベルトに手をかけてきた。

「莉奈さんっ……何を……？」

「怖がらなくてもいいわ。これは陽くんが間違った道にいかないためよ。麻衣子さんをレイプとかしないように、お隣さんのよしみで、私がきっちり管理してあげる」

「レ、レイプなんてしないですっ。それに管理って、僕の何を……あっ……」

戸惑っていると、莉奈は陽一のベルトを外して、ファスナーをチーッと下ろしてきた。

「な、なっ……莉奈さん、こんなところで……ッ」

スーパーの裏手である。

何が起こっているんだと信じられない気持ちでいると、莉奈は憂《うれ》いを帯びた目で見あげてきて淫靡《いんび》に微笑んだ。

「麻衣子さんも罪深いわ。十代の子に手コキなんて。初めてだったんでしょう？」

「そ、それはもちろん……」

答えている間に、莉奈の手が、ズボンとブリーフを下げてきた。

勃起がビンッとそそり勃《た》つ。

「り、莉奈さんっ」

恥ずかしくて手で隠そうとしたら、その右手を押さえつけられた。

「十代の子のオチンチンってすごいわ。急角度でカチカチに硬くなって……でもまだ皮を被ってるのね……可愛いわ」

じっくり性器を観察されて、まだ思春期の陽一は身体を熱くする。

莉奈は、下着の中で蒸れていた陽一の若茎を、ほっそりした指でキュッとつかんできた。

「うっ……ああッ」

麻衣子に続いて、莉奈にも握られた。

(ま、まさか莉奈さん……ママみたいに射精させてくれるの？)

隣家の奥さんは、すれ違う男がみんな振り向くほどの華やかな美人だ。

そんな人に、手でシコシコされるなんて……。

「ああ、ど、どうして……僕なんか……」

ついつい訊いてしまうと、莉奈はイタズラっぽい笑みを見せる。

「ウフッ。だって……陽くんが可愛いから。私ね、麻衣子さんと陽くんってなんか怪しいと思ってたの。麻衣子さんには狙った子を渡したくないのよねぇ」

珍しく、莉奈は恥ずかしそうに目の下をねっとり赤らめていた。

「狙ってたって……えっ……」

それには答えずに、莉奈は大きなおっぱいを揺らしながら、リズミカルに強弱をつけて肉竿をこすってきた。

（うっ……ママより、うまいッ……）

強さがちょうどいい。腰が早くも痺れてきた。

「くうう、り、莉奈さん……まずいですっ……こんな場所で……」

だめと言いつつ、ついつい麻衣子のときの気持ちよさをもう一度味わいたいと、自ら腰を押しつけてしまう。

「あらあら、腰を前に出してきて……もっとして欲しいって、オチンチンがおねだりしてるわ……ウフッ。興奮のヨダレまで出しちゃって……」

見れば、先走りの粘液が莉奈の手をぬらつかせている。

「ああ、ごめんなさい。汚いのに……」

「あんっ、汚いなんて思わないわよ、陽くんのオチンチンだったら……ウフフっ、若い子の獣《けもの》みたいな臭いも好きよ」

見あげられてニッコリ微笑まれると、気分が高揚する。

(ぼ、僕のチンチンだったら汚くないって……)

これほどの美人に特別扱いされて、彼女に対する好意めいた感情が強くなる。

陽一は棚に背を預け、莉奈の愛らしい美貌を見下ろしながら、ハアハアと喘ぎをこぼす。

指のひとこすりごとに愉悦が甘く込みあがる。

「ウフフッ。せっかくだったら、ここで大人になっちゃう？　剝《む》いてあげよっか？」

眉をハの字にし、うっとりとした目で言いながら、莉奈は人差し指と親指で環《わ》をつくり、ネチネチと陽一の肉棒の表皮を引き延ばしにかかる。

「あうっ……ちょっ……僕、剝いたことないんです。痛かったから……」

「大丈夫よ。ここまでビンビンなら、すぐ剝けちゃうから」

「ひっ！　あああ……」

陽一は思わず腰を引いた。

しかし莉奈はそれを許さずに、細指で勃起を強く握り、包皮を亀頭冠の下までずるっと剝いてしまった。

「うう、あああッ……」

ピンクのカリ首が露出する。

空気が触れるだけで、身体の芯に痛みが走るほど感度がすさまじい。

陽一は涙目になって震えると、莉奈はイタズラっぽく笑った。

「かーわいい。陽くんのオチンチン……おいしそう……」

莉奈はサラサラの黒髪を指で色っぽくかきあげつつ、ピンク色の舌を伸ばして亀頭部を舐めてきた。

「くうう」

鮮烈な刺激に、目がチカチカした。

(い、今……僕……チンポを舐められた)

包皮の剝けた汚い童貞チンポを、舐めるなんて信じられない。

「おいしい……」

莉奈が笑みを漏らす。

ゾクッとした。

さらに莉奈は、勃起を上に向けさせ、自らは身体を低くして裏筋を舐めてきた。

「あううっ……そ、そんなところ舐めないでくださいッ。か、感じちゃう」

「んふん、だーめ。たくさん感じていいのよ。麻衣子さんのこと考えないでいいくらい、気持ちよくさせてあげる。どう、私の舌って気持ちいい？」

「い、いいなんてもんじゃなくて、チンチンがとけちゃいそう……び、敏感すぎて刺激が強くて……」

半泣きで訴える。

莉奈はうれしそうだ。

「ウフフ、よかった。ねえ、陽くん。麻衣子さんの手コキ射精の快感を上書きしてあげるわね」

「えっ？」

美しい隣家の人妻は、ゆっくり顔を近づけてきて大きく口を開けると、そのままペニスを頬張ってきた。分身が一気に温かな潤みに包まれる。

「えっ？　あああぁッ！」

陽一は首に筋ができるほど大きくのけぞり、全身をガクガク震わせる。

背後の棚がなかったら、このまま崩れて落ちていただろう。

(……これフェラチオだっ！　口の中あったかい、ああ……ぬるぬるしてるッ)

信じられなかった。

初めての口唇愛撫による快感に、陽一は目を白黒させる。

温かい粘膜に根元まで包まれ、さらに窄めた唇でゆったりと表皮をしごきあげてくる。

口内粘膜に剝き出しの部分が当たるだけで、鮮烈な愉悦が襲ってくる。

「ああ、洗ってないチンチンが、莉奈さんの口の中に……」

感動の声をあげると、莉奈が咥《くわ》えながら見あげてきた。

眉間にシワを寄せ、苦悶の表情をしながらも大きく口を開けて、男の性器を舐めしゃぶっている。

(目を合わせながら、おしゃぶりされるってゾクゾクする)

小麦色の肌の美しい人妻を、従えさせているみたいだ。

それに加えて、Vネックの白いサマーニットの首元から、褐色の乳房と薄いブルーのブラが見えた。

デカい。デカくて、揺れている。

太ももやお尻もエッチだ。ますますチンポがひりついた。

「ああ、もうだめです。莉奈さんっ」

訴えると、莉奈は肉茎から唇を離してニコッと笑う。

「何がだめなの？　いいのよ、ガマンしなくて。そのまま出しそうになったら、出していいのよ」

「えっ……でも……こんな場所で……くううっ」

莉奈は再び亀頭を飲み込み、今度は、じゅぷっ、じゅぷっ、唾の音を立てて、激しく顔を打ち振ってきた。

「んふうん……ううんっ……ううん」

色っぽい鼻息を漏らしつつ、美味しそうにおしゃぶりされる。

ツーンとした射精前の甘い陶酔が早くも陽一に訪れた。

「で、出ちゃいます！　莉奈さん……もうだめっ！」

慌てて腰を引こうとした。

だが莉奈は、陽一の腰を抱くようにして、勃起を咥えながら顔を横に振り、

「むふんっ」

と、見あげて、色っぽい視線を送ってくる。

「莉奈さんっ、だめっ……ホントに出るよ、口の中に出しちゃうよっ」

必死に訴える。

ザーメンを口に出すなんて、おしっこを口の中に出すような、ひどく申し訳ない気

持ちである。

だが、莉奈は一向にフェラを止めようとしない。

それどころか、さらに激しく顔を前後に打ち振ってきた。

亀頭にかかる人妻の吐息や唾、肉エラを這うねっとりした舌、そしてくびれを甘くしぼってくる唇の感触……。

もうだめだ。

ガマンできなかった。

「あっ……出るっ！」

どうにでもなれ、という気持ちだ。全身を貫く快感が陽一を包み込んで、そのまま射精をうながした。

「くぅぅっ……」

気持ち良すぎて立っていられない。下を見ると、莉奈の頬がふくらんでいた。

（ああ、僕の精液が……莉奈さんの口の中に……）

申し訳ないという気持ちよりも、莉奈の口腔を汚したことに興奮してしまった。

莉奈の鼻がひくついていた。

「うう……」

そして、わずかに苦しげに呻《うめ》いたものの、やがてうっとりと目を閉じて陽一の精液を口の中に納めていく。

全部注ぎきって、くらくらしていると、ようやく莉奈がペニスから口を離した。

イタズラっぽく笑いながら、こちらに向けて口を開けてみせてきた。

人妻の口の中が、白いゼリーの海になっていた。

「ぼ、僕の……出したものを……あんなにたくさん……ごめんなさい、早く吐き出さないと……気持ち悪いでしょう？」

ティッシュかタオルを探そうとした。

そのときだ。

莉奈はそのまま口を閉じて、

「ふぅ……んぅ……」

と、鼻で息をしながら、目をつむり、喉をコクッ、コクッと動かした。

(へ？　の、呑み込んだ？　莉奈さんが僕の出した精子を……ウソッ)

陽一は呆然とした。

やがて莉奈は目を開けて、ニッコリ笑う。

「んはあっ……すごい量ね……いっぱい出したのね」

「ご、ごめんなさい……すごく気持ちよくて……」

「ウフッ、いいのよ。うれしいわ。これで麻衣子さんのこと忘れられる？」

頷いた。今は莉奈のことで頭がいっぱいだ。

「よかった……でも、お顔が真っ赤になっちゃって、汗も……これからちゃんとお仕事できるかしら？」

莉奈は陽一の額の汗を手で拭った。

しかし、莉奈の顔も真っ赤で汗が浮いている。

「莉奈さんも汗が……」

お返しとばかりに、そっと莉奈の頰の汗を手で拭ってやる。

彼女がウフフと笑うと、口から精液の匂いがした。

「あ、あんなの呑ませて……ごめんなさい」

「私が呑みたかったんだもの、いいのよ」

「で、でも、美味しくなかったでしょう？　僕の精液なんて」

心配したつもりだった。

だが莉奈は、顔を赤らめて恥じらいがちに見つめてきた。

「エッチね。自分の精液の味を、呑ませた女に答えさせるなんて……」

「あっ、いや」

そういうつもりではなかったので、カアッと赤くなってしまった。

莉奈は頭を撫でてきて、ウフフと笑う。

「美味しかったわ、陽くんの精液。とろみがあって、濃くて……苦かったけど、好きな子のは美味しく呑めるものよ」

「えっ、好きって……」

莉奈の言葉に高揚した。

彼女は陽一の問いかけには反応せずに、

「ウフフ、これはふたりの秘密ね」

と言って、精液の匂いのする口で頬にキスしてきた。

夢心地だった。

咥えて、呑んでくれたこともそうだが、美しい人妻から「好き」と言われれば、動揺するのも当然だった。

第三章　たかぶり初体験旅行

1

「はい、どうぞ」

朝の食卓で、麻衣子がオムレツを出してくれた。

「あ、ありがとう」

「どういたしまして、ウフッ」

麻衣子はいつもの笑みを浮かべながら、コーヒーを淹《い》れている。

三日前の手コキの件は、まるでなかったことのように、麻衣子はいつもどおりに母子として接してくれていた。

だが……あくまで表面上で、だ。

当たり前だが、麻衣子への思いが消えたわけではない。

麻衣子も意識しているのだろう。

つとめて明るく振る舞っているが、以前よりもぎこちないところがある。

(仕方ないよな、義理の息子に着替えを盗み撮りされて、穿いていたパンティにイタズラされたんだもんな)

普通だったら、家を出ていけと言われるだろう。

いくら大学が近いとはいえ、陽一はもうすぐ十九歳だ。

ひとり暮らしだってできる。

だが麻衣子は、陽一が本当の母親に甘えていた時期がほとんどないと知っているから、自分が代わりになりたいと強く願っている。

だからこそ、あの一件の後も、陽一と一緒に暮らしているのだ。

それは感謝しなければならない。

(でも、やっぱりママへの思いは簡単には消えないよ。だからこそ莉奈さんと……)

陽一はオレンジジュースでトーストを胃に流し込み、

「ごちそうさま」

と、席を立った。

そのときだ。麻衣子が思い立ったように言った。

「ねえ、陽くん。一緒に泊まりに行くお友達の電話番号、訊いていいかしら」

「へ？」

ギクッとした。

戸惑いを隠して、平然としているフリをする。

「ど、どうして？」

「だって、何かあったときに困るでしょう？」

「あ、ああ、そうだね」

咄嗟《とっさ》に、高校時代に仲の良かった同級生の田渕《たぶち》の名を告げて、ＬＩＮＥに送っておくと言って部屋に向かう。

(あぶねー、あとで田渕には、このこと伝えておかないとな)

万が一、麻衣子から電話がかかってきたら、適当にごまかしてもらおう。

部屋に戻り、旅行の支度をしながらもドキドキしっぱなしだ。

実は旅行に行く相手は友達でも、男でもない。

相手は隣家の人妻、莉奈である。

友達と大阪旅行に行くはずだったが、友達がドタキャンしたので「一緒に行かない？」と陽一を誘ってきたのだった。

もちろん最初は迷った。彼女は人妻だから完全な不倫旅行である。

バレたら大変なことになる。それでも、あの美しい莉奈との一泊旅行という誘惑に負けてしまったのだ。

家を出て、電車に二十分ほど揺られて東京駅に着いた。

胸を高鳴らせながら、新幹線乗り場で待っていると、いきなり後ろからギュッとされた。

ドキンとして身体を強張《こわば》らせる。

「陽くん、お待たせ」

振り向くと莉奈が腰に抱きついていて、ピンク色の舌をペロッと出した。

（うおっ、可愛い！　あれ？）

一瞬、莉奈ではないと思った。

というのも、莉奈の髪が灰色になっていて、毛先がふんわりとウエーブしていたからだ。黒髪ストレートはどこだ？

「あれ？　莉奈さん、髪……」

「ウフフーッ。変装用にウイッグつけてきたの。似合う？」

莉奈がイタズラっぽい笑みを見せて、髪の毛を手ですいてみせてきた。

「に、似合いますっ……か、可愛いっ……超可愛いっ」

髪だけではない。

目をくっきり見せるアイシャドーや、キラキラしたピンク色のリップで、いつもより甘い感じの色っぽいギャル妻に変身していた。

(肌も小麦色で……これはもうギャルだ。いまどきのギャルっ)

陰キャの陽一には憧れのタイプだった。

格好もいやらしかった。

肩を出した大きめサイズのだぼっとした黒いシャツと、白の超タイトミニスカートと高いヒールのブーツ。

それに加えてだ。甘く媚びたような表情がたまらなかった。

(うわーッ、やばい……ホントに可愛い)

大人っぽさとチャーミングな雰囲気が同居して、まさに小悪魔。

まわりの男たちの視線を浴びているのが、はっきりとわかる。

「どうしたのよ、陽くん。ぼうっと見ちゃって。ははーん、私のキュートさに、まいっちゃった？　久しぶりに本気出しちゃったのよねえ、男の子と一泊デートだし」

童貞少年はもう、ギャル妻に変身した莉奈の虜《とりこ》になってしまった。

「た、たまんないです……うわあぁっ」

莉奈がさらにギュッとしてきた。ふくよかなおっぱいの感触が確実にわかる。

通り過ぎる男たちの、うらやましそうな顔といったら……。

(優越感がすごいな)

仮に芸能人と付き合うと、こんな気分になるんじゃないだろうか。

「あら……香水つけてきたの？　陽くん」

莉奈が鼻を寄せてきた。

「いや、ちょっとだけ……」

「ウフフッ、大人っぽい匂い。ちょっと生意気っ……でも汗の匂いもする。若い子の汗の匂いって甘酸っぱい……」

莉奈がいきなり首筋に、チュッとキスしてきた。

「ひゃっ！」

「ウフッ。いこ、陽くん」

手をつないできたので、また心臓が高鳴った。

指をからませる恋人つなぎだ。

可愛いギャル妻と、エッチな恋人つなぎで手を握られて、大阪に着く前に心臓が破裂するのではないかと本気で心配になってきた。

2

大阪までは新幹線で三時間弱。

流れる風景を目にしながら、莉奈と並んで座っている。

ふいに目が合って微笑んだ後、莉奈は陽一の右肩に頭を預けてきた。

（うわあ、いい匂い……莉奈さん、ミルクみたいな甘い匂いだ）

莉奈は陽一の肩に頭を預けながら、スマホをいじっていた。

動くたびに柔らかそうなバストが揺れている。

胸だけでなく、タイトミニスカートがめくれて、パンティストッキングに包まれた太ももがきわどいところまで見えている。

（エ、エロッ……）

細身だけど太ももはムッチリと熟れて、三十二歳の人妻の雰囲気が垣間見える。

莉奈はスマホを置くと、こちらを見あげてきた。

「ウフフ。なんかうれしくなっちゃう。デートなんて久しぶりなんだもの。陽くんもなんか緊張してるね」

莉奈に言われて、カアッと熱くなる。

「そ、それはしますよ……だって……い、一泊旅行なんて……しかもひとつの部屋で」

ついつい夜を意識させるようなことを言ってしまった。

莉奈は目を細めて、見つめてくる。

「エッチね……ねえ、いいの？　私が初めてで……」

「へ？」

初めて？

初めてって、アレのことだよな……。

それとも、ただ単に「初めての女性との一泊旅行」のことだろうか？

いきなりのことで頭が真っ白になる。

「は、初めて……？　あの……は、は……初めてって？　その……」

訊き返しても、莉奈は笑って答えない。

意味深な莉奈の言動に動悸《どうき》が起こる。息苦しいほどの緊張だ。

それと同時に不安もよぎる。

（ホントにしちゃうのかな……莉奈さんと……隣の人妻と不倫の肉体関係……）

これほどのキレイな人と、初エッチできたら最高だ。

だけど、それは現実には、とてつもないリスクを抱えることになる。

そんな不安が、莉奈にも伝わったのだろうか。

「……でもごめんね……急に誘っちゃって……非常識だと思ったでしょう？」

莉奈はちょっとだけ困った顔をした。

「い、いえ……ただ、びっくりしたっていうか……」

「ねえ。私、なんでいつもは黒髪のストレートにしてるかわかる？」

「えっ？　その髪型が好きなんじゃ……」

「大嫌いよ。黒髪はね、夫の趣味なの。髪だけじゃなくて服装とか言葉づかいとか、いろいろ言われるわけよ。こうしろ、ああしろって……」

「そう、だったんですか」

旦那は優しそうな人だった。

だから、妻を自分好みに縛りつけるタイプには見えなかったので驚いた。

「そのくせ自分は奔放で……だからね、これは反抗なの」

「そ、それなら……もしかしたら、相手は僕でなくても？」

思わず口にしてしまった。

莉奈はそんなこと言われると思わなかったの、ぽかんとしていたが、すぐに笑みをこぼして、

「ウフッ。ううん。そんなことないよ。前にも言ったでしょ。陽くんが可愛かったから……奪いたくなっちゃったの、キミの初めてを」

甘くささやかれた。

そして……いきなり唇を奪われて、陽一の頭は軽くショートした。

莉奈は唇を離すと、目を細めて見入ってくる。

「あらっ、もしかして、初キスだった？　ごめんね、いきなり奪っちゃって」

「い、いえ……」

キュンキュンして、言葉が出てこない。

莉奈は陽一の耳元に唇を寄せて、ねっとりささやいた。

「ウフッ……今夜はいっぱいしよ、陽くん。女の人、初めてだもんね。莉奈に陽くんの、したいことしていいよ」

「ふ、ふえ？」

目をパチパチしながら莉奈を見る。

色っぽいピンク色の唇の端が、ちょっと持ちあがって淫靡な笑みだ。

（し、したいことさせてくれるって……）

童貞少年の股間はギンギンに昂ぶってしまい、もう大阪観光のことを莉奈に尋ねられても上の空だった。


大阪に昼過ぎに着くと、通天閣や新世界といった名所をまわってから、道頓堀でたこ焼きを食べた。夕方には続いて串揚げの店に入る。

大衆系というよりは、観光客向けの店らしい。

すべて個室みたいになっていて、入り口は格子のドアだ。

こちらからは外が見えるが、外からは見えないようになっている。

掘りごたつ式のテーブルに向かい合って座る。

莉奈はビールを注文し、陽一はウーロン茶を頼んで乾杯した。

串揚げを注文してソースにつけて食べてみる。

「旨いですね、さすが本場」

「あら、ホント。いいわよ、好きなものを頼んでね」

結局、陽一の方が彼女の倍くらい食べてしまった。

「さすが、若いわねえ。これだけ食べると、麻衣子さんもたいへんね」

義母の名前が出たので、うっ、と、串揚げが喉につまって、ウーロン茶で流し込んだ。

「ウフフ。陽くんは一人暮らししないの？」

「考えたんですけど、ママ……いや、母が、もう少しの間、一緒に暮らさないかって言ってくれて……家族になったばかりで、いきなり離れればなれは、なんだか寂しいでしょう、って」

莉奈は隣に来て、頭を撫でてくれた。

「私も麻衣子さんのこと好きなのよねぇ。あんなにチャーミングなのに、ひかえめで明るくて。人としては好きなんだけど、ライバルとしてはねえ……」

「はっ？」

陽一はきょとんとした。

「ラ、ライバル？」

「そうよ。麻衣子さんが陽くんを見る目って、なんか息子とは違うのよねえ。それにどんなことがあっても普通は息子の手コキなんかしないわよ」

「そ、そんなことないと思いますけど……」

麻衣子から、男として見られたことはなかった気がする。

「ところで、陽くんは麻衣子さんのこと、すっぱり諦められた？」

黙ってしまうと、莉奈が笑った。

「正直ね。未練はあるわよねえ。でも、やっぱりよくないことよね。義理でも母子なんだから。だからって私も人妻だから、私にしなさい、とは強く言えないけど。でも、私は陽くんのこと好き……少なくとも、近親相姦よりはいいでしょ？」

「えっ？」

莉奈が、また顔を近づけてきた。

今度は意識できた。

彼女の柔らかい唇が、すっと陽一の唇に重なる。

（ああ、キスしてる……ッ。莉奈さんと……）

莉奈の唇のふんわりした感触や、ミントみたいな甘い呼気もいい。

串揚げやビールの匂いが混じっているのも、莉奈のものだと思えば愛《いと》おしい。

それよりも、キスは気持ちが幸せになる。

口と口を合わせる行為なんて、好きじゃなきゃできない。

だから莉奈が、自分のすべてを受け入れてくれた気がして、彼女のことをますます好きになってしまう。

莉奈は唇を離して、照れたような顔をした。

「私、勘違いされるけど、そんなに男の人と経験ないし……簡単にキスなんてしないからね」

「僕のこと好き、だからですか……？」

「そうよ」

莉奈の手が、掘りごたつ式のテーブルの下にある股間に伸びてきた。

キスだけで硬くなってふくらみを撫でられる。

慌てて格子のドアを見た。

中が見えないのはわかっているが、中から外の様子が見えるので緊張する。

「あらぁ。外を確認してるってことは、もっと大胆なことをしてもらいたいの？　デザートにこれも食べちゃおうかな」

莉奈は器用に陽一のズボンのファスナーを下ろし、中に手を入れてイチモツを引っ張り出した。お店の中で、陽一は性器を露出させられる。

「り、莉奈さんっ！　ま、まずいですよ」

「何がまずいの？　だってシテ欲しいんでしょう？　オチンチン、こんなにガチガチにして……ウフッ。かーわいい。外から見えないから、へーきよ」

莉奈の顔を見ると、目の下がねっとり赤らんでいた。

（よ、酔ってるなこりゃ……うっ！）

莉奈は当たり前のように、シコシコと肉竿をシゴいてきた。

「ああ……」

お店の中でエッチなことをされている。

いけないと思うのに、スリルと快感で何も言えなくなった。

「ウフフッ。陽くんの感じてる顔、すごく好きっ」

莉奈は、ますます左手を大胆に動かしてきた。

「興奮してるね、ウフフ」

クスクスと笑う莉奈に、翻弄《ほんろう》されっぱなしだ。

だったら、こっちも莉奈に反撃したくなる。

莉奈を裸にして、あちこち舐めたり触ったりしたい。

初セックスで精液を浴びせたり、飲ましたり……だめなことだけど、莉奈の中に自分の精液を注いでみたい。童貞のくせに、そんな過激な妄想がふくらんでいく。

「やんっ。手の中でビクビクしてる。陽くん、エッチなこと考えてるんでしょう？」

「あ、当たり前です。あの……せめておっぱい見たいです」

「本気で言ってる？　今？」

「だって、莉奈さんだって……こんな大胆なこと……僕だって……」

「なるほど。お店の中で生パイを出せと。ウフフ。困っちゃったなあ、どうしよう」

莉奈は恥ずかしそうに顔を赤くする。

(僕のペニスをシコシコするのは、恥ずかしくないんだろうか)

そんなことを思っていたら、莉奈は肩の出たオフショルダーシャツを一気にめくり上げた。

(うわわわっ、で、でっかっ……ママと同じくらい？)

白いブラジャーに包まれた、大きなふくらみが露出する。

褐色の肌、ほっそりしたデコルテ、丸みのある肩……そして、可愛らしいリボンのついた白いブラジャーに包まれた豊かな乳房……。

(痩せているのに、巨乳なんて……すごい身体だ)

おそらく、大きさは麻衣子の方がデカい。

だけど形の良さとかハリは、莉奈の方に軍配があがる。

「ウフフッ、目が血走ってるよ」

「だって……大きいし……それにブラも……可愛らしくて」

「ウフッ。若い男の子って、こういう清純そうな下着好きでしょ？　あんまりこういうのは普段つけないんだけど、特別よ」

言いながら、恥ずかしそうに白いブラカップをゆっくりとめくりあげた。

息がつまりそうなほど巨大な乳房が、たゆんっ、とこぼれるように露わになる。

「ああっ……」

陽一は口を開いたまま、ふくらみに視線を這わせる。

勢いよく前方に突き出した巨乳だった。

桜色の小さめ乳首が、人妻と思えぬほど清らかだ。

（おっぱいだ……生乳だっ……！　す、すげえっ）

麻衣子はブラまでしか見せてくれなかった。盗撮したときもナマパイを拝めなかった。

「ああ、これが初めての、女の人のおっぱいだ。

「ああ、すごいキレイ……大きいっ」

鼻息荒く言うと、莉奈はうれしそうに笑う。

「ご期待に添えたかしら、私のおっぱい」

「は、はひっ」

「ウフッ。見てるだけでいーの？」

「えっ！　あっ……えっ……？」

戸惑う陽一を尻目に、莉奈はシャツを片手でまくったまま、もう片方の手で陽一の手をつかんで、自分の胸元に持っていく。

「おっぱい、触ってみたいんでしょ？　ウフフッ。ちょっとだけなら、いーよ」

「えっ！　あ、え……はいっ」

まさか触ってもいいとは……手が震えた。

おずおずと右手で莉奈の乳房をつかんで、ゆっくりと揉んでみた。

想像以上の柔らかさだ。

(おっぱいって、こういう触り心地なんだ……ふにゅっ、と指が沈み込む)

興奮して、いよいよ大胆に、やわやわと揉みしだくと、

「あっ……ンフッ……んうんっ、どう？」

甘い吐息を漏らした莉奈が、ちょっと目をうるうるさせて訊いてきた。

「や、柔らかくって……弾力がすごくて……」

揉みながら、莉奈を見た。

せつなそうな、色っぽい表情をして、わずかに息を乱していた。

（おっぱい揉まれて、感じてるのかな……まさかね……）

そんなわけないと思いつつ、指でちょこんと乳首を弾《はじ》いてみた。

すると、

「はンッ」

と、外に聞こえそうなほど、エッチな甘い大きな声が漏れて、莉奈は両手で口を閉じて真っ赤になった。

「やあんっ、揉んでいいといったけど、そんなことっ……もうっ、男の子ってホントにエッチなんだから……」

ぷんぷんしているけど、莉奈は声を出してしまって恥ずかしそうだ。

「ごめんなさい」

言いつつ、性懲《しょうこ》りもなく乳首を指でクニッと転がすと、

「はアン……やだ、もうっ……お返しよ。童貞のくせに生意気っ」

そう言うと、莉奈は再びペニスを強めに握ってきた。

「あっ、くううっ……」

掘りごたつ式のテーブルの下で、莉奈に直にシコシコされて、陽一はくぐもった声

を漏らした。

「ウフッ、その声も……可愛いっ……」

莉奈の手の動きがゆったりとして、同時に裏筋やカリ首など、敏感な部分も指で刺激されると、一気に射精欲が高まっていく。

「ああ、だめですっ、そんな……お、おっぱいに……触れなくなっちゃうっ」

「どんだけおっぱい好きなのよ。仕方ないなあ。まあ初めてなんだもんね。じゃあ、好きにしていいわよ」

莉奈は手コキを緩め、ちょっと身体をそった。

大きなおっぱいが目の前で揺れている。

欲望が止まらない。

(好きにしていいんだ。だったら……)

陽一は莉奈に抱きつくようにして、おっぱいに吸いついた。

「あはっ、がっつかないで……あっ……ちょっと……あっ、あっ……」

うわずった声を漏らして、莉奈が、ビクッ、ビクッ、と身体を小さく痙攣《けいれん》させた。

(莉奈さんがおっぱい吸われて感じている……)

乳頭に吸いつきながら、上目遣いに莉奈を見る。

グレーヘアで、ぱっちりお目々のギャル妻は瞼《まぶた》を閉じ、眉をハの字にして、口元に手をやって恥ずかしそうな表情をしている。

(莉奈さん、すごくエッチな顔してる……もっと見たいっ、感じさせたい)

汗ばんだ乳首を、下手くそなりに舌をねろねろと動かして刺激する。

続けざま、乳首を口に含んで舐めしゃぶれば、

「ああっ……あんッ」

莉奈は真っ赤になって、恥ずかしそうに顔を横に振る。感じているのだ。

(くううう、か、かわええっ)

三十二歳の人妻が、年下の童貞に乳首を舐めしゃぶられて感じている。

それがよほど恥ずかしいのだろう。

くすぐったそうに身をよじりながらも、口元をずっと手の甲で隠している。

(格好はギャルなのに……この恥じらい方がたまんないっ)

陽一はさらに舌全体を使って乳首を執拗に責める。

ギャル妻の乳首は、口中でムクムクと尖《とが》りを増していき、

「ンンッ……あっ……いやんっ……」

と、莉奈がついに甲高《かんだか》い声を漏らし始めた。

「あンッ。陽くん、上手よ……上手なのはわかったから……ねえ、だめっ……これ以上したら……声が……ッ」

莉奈はもう勃起を手コキすることもできなくなって、串揚げ屋の個室の中で、おっぱいを出したまま首を横に振る。

陽一は格子ドアを見る。隙間から人が歩いているのが見える。

大きな声を出せば、間違いなく聞こえてしまうだろう。

「い、いいですよ。声出してもっ」

さらに乳首を舐める。

汗とミルクっぽい甘い匂いが濃厚に漂う。

陽一は舌で硬くシコった乳首を横揺れさせて、さらに強く吸った。

「あうう……だ、だめに決まっているでしょう？　お店でエッチな声なんて出したら、注目の的よ……だめだってばっ……ホントに声が……ああん……んんうっ」

もう手の甲では防げなくなり、莉奈は両手で口を押さえて、大きな目をうるうるさせて、イヤイヤをする。

（すごい感じ方……たまんないっ……だ、だったら……）

いよいよ、右手を莉奈のタイトミニのあわいに差し込むと、

「ンッ！」

莉奈が驚いた顔をして睨んできた。

それでもまだ、ストッキング越しの太ももの熱気を感じるまま、ムッチリした太ものの弾力を楽しんでいると、莉奈がさらに大きく首を横にふる。

「こらあ。スカートの中までなんて、言ってないからぁ……やあんっ」

今までになく差し迫った表情だった。

細い眉を折り曲げて、つらそうで今にも泣き出しそうだ。

そして、莉奈はハアハアと息を喘がせつつ、陽一に小さく耳打ちしてきた。

「陽くん、だめだってばっ……ここでしたくなっちゃう……ウフッ……パンティもう濡れちゃってるの……」

「え！」

興奮して、莉奈を見る。

グレーヘアにピンクの唇のギャル妻は、恥ずかしそうに耳まで赤くしながら、淫らがましく口角を上げる。

「……陽くんのエッチっ。童貞のくせに、もうっ！　こんなところで……おっぱいだけじゃなくて、スカートの中まで……ああん、へんなこと教えなきゃよかったわ……

ねえ、早くホテルに行きましょ……」

と、チュッとキスされて、あまりの愛くるしさに昇天しそうになった。

3

ホテルの部屋に行くまで、莉奈は大きな目をうるうるさせて、人がいなければイチャイチャしまくりそうな危うい雰囲気があった。

もちろん陽一もそうだ。

串揚げ屋を出てからずっと、身体が火照《ほて》って熱い。

（つ、ついにセックスできるんだ……しかも、こんな美人と……こんなエッチな身体を……好きにできるっ！）

ホテルのエレベーターに乗った瞬間だった。

どちらからともなく、惹《ひ》かれ合うように口づけした。

莉奈は激しく唇を何度も押しつけてくる。

陽一の首の後ろに両手をまわし、ぶら下がるようにキスしてくる。

うっとりして唇を開く。

すると、そのあわいに莉奈は舌を忍び込ませてきた。

(えっ！　し、舌が入ってきたっ)

ずっとしてみたかった、エッチなベロチュー。

莉奈の方から舌を入れてきたので驚きつつ、陽一も舌を差し出した。

その舌を、莉奈はからめ取り、

「……んんっ……んぅん……」

かすかに鼻奥で声を漏らしつつ、陽一の舌と舌をもつれ合わせて、さらに深いキスに変わっていく。

(ああ……莉奈さんと、エッチなキスしてる……ベロチュー、気持ちいいっ)

舌をもつれ合わせているだけで、とろけそうだった。

莉奈の唾液が、自分の唾液とからむ。

気持ちよくて瞼を落としそうになるが、それでもなんとか薄目を開けて見ていると、眼前に眉根を寄せた色っぽい美貌がとろけ顔をさらしている。

(莉奈さんもキスで感じてる……)

そう思うと、ますます興奮が募る。

陽一はギャル妻の舌を吸いあげて、甘い唾液をすすり飲む。

「んぅ……ッ」

彼女の呼気が荒くなる。

ねちゃっ、ねちゃっ……くちゅ、くちゅ……。

淫靡な唾の音をしたたらせて舐めまわしていると、莉奈も同じように陽一の舌を吸い、喉を鳴らして唾液を飲んでくれた。

少し息苦しくなってきて、ようやく莉奈が唇を離す。

「ウフッ。陽くん、キス好きなのね？」

「は、はい……すごく気持ちいい……なんか全部受け入れてくれてるって感じで」

「女性にとってキスは大事だから、恋人ができたらいっぱいしてあげてね」

「恋人……僕、その……恋人は莉奈さんだと思ってるけど……」

おずおずと言うと、ギャル妻は見てわかるくらいに真っ赤になって、

「ば、ばかね……」

と、肩を叩いてからベッドに座る。

（い、いよいよ……いよいよするんだ……）

緊張しながら莉奈を見る。

タイトミニスカートから、チラッと白い三角の布地が見えてドキッとした。

莉奈はクスッと笑って裾を引っ張る。

「見えちゃったね、パンティ」

灰色ヘアに褐色の肌のギャル妻が淫靡に笑う。

エッチなシャツに、超ミニのタイトスカーの似合ういまどきのギャル。

キュートな小悪魔のくせに、悩ましいほどに成熟した三十二歳の色香もムンムンと漂わせている。

この身体を、今から抱けるのかと思うと全身が震えた。

おずおずとベッドに座ると、莉奈がすっと身体を寄せてくる。

緩んだ胸元から見える白いブラジャーや、短いスカートからチラチラ見える白いパンティに興奮してしまう。

しかもこの清純そうな下着は、自分のために莉奈が選んだものなのだ。

「緊張しなくていいわよ。楽しんで……初めてなんだから……陽くんのいい思い出にしてあげたいの」

切れ長の目を細めて、莉奈が見てくる。

夢中になって莉奈を抱きしめて、ベッドに押し倒す。

莉奈は陽一の着ているTシャツをめくりあげてきたので、なすがままにTシャツを頭から抜いて上半身だけ裸になる。

「若い子の身体って、ほっそりしててキレイね」

莉奈が陽一の乳首を、ねろっ、ねろっと舐めてきた。

「くうっ……」

くすぐったくなって身をよじる。股間が一気に硬くなる。

「ウフッ……昨日みたいにオチンチン、舐めて欲しくなったのかしら？」

股間のこわばりを感じたのだろう。莉奈が微笑む。

「な、舐めてほしいけど……でも、自分でもしてみたい……」

「そっか。いいわよ……ウフッ……」

莉奈が仰向《あおむ》けのまま、身体の力を抜いた。

陽一は震える手で莉奈のシャツをめくる。莉奈も両手を上げて脱ぐのを協力してくれる。

白いブラジャーも取り去ると、串揚げ屋で見た生おっぱいと再会だ。

（やっぱりデカいっ……）

華奢《きやしや》なボディに不釣り合いなほど、ふくらみはデカかった。

仰向けでも、崩れないで美しい球体をしている。

そして……莉奈のおっぱいから、かすかに自分の唾の匂いがした。

興奮した。たまらずに、むぎゅ、むぎゅと、揉みしだくと、ぶわんとしたおっぱいのしなりを感じつつ、指が乳肉に沈み込んでいく。

「ウフッ……いいよ。感じちゃう……」

莉奈が優しく言ってくれるのがうれしい。

もっと感じさせたいと、乳首に吸いつき、チュウウと吸えば、

「ああんっ……」

と、莉奈が甘ったるい、湿った女の声を漏らしたので、びっくりした。

(うわあっ……莉奈さんの感じた声……い、色っぽいっ……！)

店の中では、声が外に漏れないようにひかえめだったが、今はもう莉奈も欲情を隠さないで、セクシーな声をあげている。その声に昂ぶった陽一は、唾液でぬめる乳首を上下左右に舌で弾く。

すると、

「あんっ……んんっ……いやっ……」

莉奈は顎を上げ、太ももをよじり合わせている。

さらに強く乳首を吸って指でいじれば、

「ぁぁあ……あああっ……」

と、上体をのけぞらせて、ついにいやらしく下腹部をせりあげてくる。

「き、気持ちいいのっ？　莉奈さんっ……」

乳首をキュッとつまみながら訊くと、

「あ、あんッ！」

ギャル妻の身体が、びくっ、びくっ、と震えて腰がいやらしく動いていた。

細眉はハの字になって、せつなそうに目が細まっている。

ピンクの唇はもうずっといやらしく半開きで、ハアハアと息があがっていた。

「……あんっ……あっ……うぅんっ……上手っ……」

莉奈のタイトミニがめくれ、パンティが見えてもおかまいなしに、下腹部をすりつけてくる。

(欲しがっている……感じてくれている……)

いよいよ店ではできなかったことをしてみたくなった。

莉奈のブラとTシャツを脱がせ、さらにタイトミニスカートに手をやって、ホックを外して下に脱がせていく。

パンティ一枚の姿になった莉奈のプロポーションを、改めて眺める。

腰は細いのに、おっぱいやお尻がやたらと大きい。

まさにグラマーというプロポーションだ。

グラビアアイドルみたいな身体に、三十路《みそじ》妻の色気が加わると最強である。

「す、すごい……エッチな身体……」

「ウフッ。陽くん、私の身体で楽しめそう？」

「もちろんです。ああ、たまんない」

陽一は夢中で莉奈に覆い被さり、愛撫する。

小麦色の肌はすべすべで、どこもかしこも甘い匂いがする。

スレンダーながら、人妻らしい脂《あぶら》の乗った肉体は、とろけるような撫で心地だ。

すべてが欲しくなり、首筋や臍やあばらにキスしまくれば、

「あっ……あああッ……」

莉奈の喘ぎ声はいよいよ大きくなり、白いパンティに包まれたヒップが、くなっ、くなっ、と揺れている。

パンティの上から下腹部を撫でさすると、いやらしい熱気を感じた。

かすかに湿った感じがした。

（もう濡れてるんじゃないか？　脱がしていいよな……）

最後の一枚である純白のパンティに手をかける。

莉奈は顔をそむけながら、小さく頷いた。

（ああ、いよいよっ……いよいよ女の人のアソコが……）

当然ながら、ナマでおまんこを見るのは初めてだ。

震える手で下着をゆっくり脱がせていく。

「んんっ……」

莉奈がつらそうに目をつむり、わずかに震えた。

さすがの莉奈も、パンティを脱がされる瞬間というのは恥ずかしいらしい。

陽一は爪先から湿ったパンティを抜き取った。

ギャル妻の股間から、ムッとするような牝の匂いがたち込める。甘い体臭とは違う、獣じみた匂いだった。

「み、見ても……見てもいいですかっ」

「うん……い、いいよ」

一糸まとわぬヌードになった莉奈が、脚を閉じたまま、せつなそうに頷く。

陽一は身体をズリ下げ、ムチムチの太ももをつかんで両脚を開かせて、ふっさりとした茂みの奥に顔を寄せていく。

「あんっ……」

じっと見られているのが恥ずかしいのか、莉奈は甘い声を漏らして身をくねらせる。

（うわっ……これがおまんこ……）

亀裂があって、そこから赤い果肉が覗き、ぬらぬらと蜂蜜をまぶしたように妖《あや》しくぬかるんでいる。

「これが、女の人の……こういう色と形をしてるんですね。ああ、また奥から汁が出てきた」

「ああんっ、見てもいいけど……そんなに近くでじろじろ見ないでよぉ……洗ってない、莉奈のおまんこを……」

「ご、ごめんなさいっ」

と言いつつも、興味津々《しんしん》だ。

指を伸ばし、そっとスリットに触れる。

その瞬間、小さく、くちゅ、という音がして、

「んっ……」

莉奈がわずかに吐息を漏らした。

（こんなに濡れるのか……僕なんかの愛撫で……）

おそらく、莉奈が昂ぶっているのだろう。でも、拙《つたな》い愛撫で濡らしてくれたことがうれしかった。

(匂いもすごいな)

意外とツンとする生臭さだ。

そのムッとする匂いを嗅ぎつつ、指でまさぐれば、濃いピンクの剝き貝の中に小さな穴があった。

(えっ、ウソ……チンポを入れる場所って、こんなに小さいの？)

他に穴があるんじゃないかと思いつつも、指を狭穴に押しつけると、ぬるるるっと滑るように中指を半分くらい呑み込んだ。

「あぅ！」

いきなりの指の挿入を受けて、莉奈がクンと顎を上げる。

(うわっ、指が入った。膣《ちつ》穴って広がるんだ……ああ、熱いっ……おまんこの中、ぬるぬるして……襞《ひだ》がいっぱいある)

指を入れているだけで、気持ちが高揚する。

陽一は夢中になって、グググッと指を奥まで入れると、

「はあああんっ……い、いきなり……奥までなんてっ……」

莉奈がしかめっ面《つら》をして睨んできた。

「い、痛かったですか？」

「ううん、痛くないけど驚いちゃった。もうちょっと優しく、指で愛撫してみて。そこはデリケートだから」

「は、はい」

言われるまま、指を出し入れした。

すると、くちゅ、くちゅ、と音が立ち、

「ぁああ……そ、そこ……ああんっ……あっ、あっ……」

と、莉奈がうわずった声を漏らして、のけぞって喘ぐ。

(感じる場所なんだ……すごい……ここにチンポを入れたら、気持ちいいよな)

もう下腹部はパンパンだ。

先走りの汁が、パンツの中に漏れてきていた。

「ウフッ……オチンチン入れたくなってきちゃった？」

陽一の気持ちを感じ取ったのか、莉奈が初セックスのお膳立てをするように導いてくれてうれしくなった。

4

「い、入れたいですっ……莉奈さんと……ひとつになりたいっ」

もうガマンの限界だった。

女の人のアソコには、まるでオスを誘うフェロモンが出ているようだ。

見て、嗅いで、そして指を入れて……愛撫しているうちに、もう肉竿は破裂しそうなくらい硬くなって、メスの中に入りたくて仕方なくなってきた。

「ウフフ…素直ねえ。可愛いわ……どういう風にしたい？」

え、と陽一は焦った。

どういう風にと言われても、もう童貞喪失のことで頭がいっぱいで、何かを考える余裕なんか全然ない。

「ど、どんなって……り、莉奈さんのここに僕のチンポを入れて……莉奈さんの中にいっぱい出して……」

「え……？　ちょっと、陽くん……私の中に射精したいの？」

莉奈が目を見開いた。

陽一は慌てる。

「ち、違いますっ……そういうんじゃなくて……」

あわあわしていると、莉奈が身体を起こしたまま、クスクス笑った。

「ウフッ。願望はあるわよねえ……でも、私、人妻だし中出しは待って……そうじゃなくて、体位とか、そういうこと」

「あ、ああ……体位……な、なるほど……」

莉奈の身体を見て考えた。

バックをやってみたいし、騎乗位とか恋人がよくやる対面座位とか、ちょっと変わった松葉崩しとか……知識はあるけど、童貞だからどれもやり方に不安がある。

「ええっと……せ、正常位……」

「ウフッ。そうよね。初めては好きなように動いてみたいわよね」

「僕、莉奈さんの顔を見ながら、したいんです」

「なるほど。自分のオチンチンで感じてる女の顔を見たいってことね」

「い、いや、感じさせるなんて……」

「大丈夫よ。自信を持って。女の人はね、好きな男の子だったら、どんな風にされてもすごく気持ち良くなっちゃうの。私もね、普段はあんなに濡れないのよ」

莉奈が恥ずかしそうに、顔を赤くして告白した。

うれしかった。

「僕も好きですっ……莉奈さんに気持ち良くなってほしい……」

まっすぐに言うと、ギャル妻はその派手なメイクに似合わず、慈愛のこもった優しそうな微笑みを見せてきた。

「可愛いんだから……好きなようにしていいけど、極端に激しいのはだめよ。陽くんってまだ十代なんだから、すごく力もあるし……お姉さんを優しく包み込んでね」

莉奈が、ウフフと笑ってキスしてくる。

「んう、んんんぅ……」

舌をからませて、ネチャ、ネチャ、と、音を立てるような激しい口づけにすぐ変わっていく。

(ああ、ベロチュー大好きっ……莉奈さんもキス魔なんだな)

好き、という実感のこもった口づけだった。

意識がすべてハートマークだ。もう莉奈のことしか見えなくなる。

キスをほどくと、莉奈は身体の力を抜いてベッドに仰向けで横たわる。

一糸まとわぬ莉奈のヌードは、細グラマーの男好きする体型だ。神々《こうごう》しいくらいに美しい。

陽一はいよいよズボンとパンツを脱いだ。

見たこともないくらいギンギンだ。ガマン汁で先が濡れている。

（あ、ゴムが……）

しまった。用意してきたのに忘れてしまった。

きっと自宅の机の上に出しっぱなしだ。

「どうしたの？　怖い？」

莉奈が心配そうな顔をした。

「あ、あの……その……ゴムが……」

今からコンビニに走ろうかと思っていたら、莉奈がウフッと笑った。

「いいよ、そのままで」

「えっ、でも……」

「ゴム持ってるけど……でも、いいよ。危ないって言ったけど、莉奈、大丈夫な時期だから……というより莉奈がガマンできないの。陽くんと直接ひとつになりたいの」

莉奈の目は潤んでいる。

本気だ。

本気でナマのセックスを望んでいる。

（い、いいのか……人妻にゴムなしセックスなんて……）

だが……莉奈はいいと言ってくれている。

ならば……胸を高鳴らせつつ、莉奈の両脚を広げさせて、膝立ちしながら腰を進めた。

「ここよ、ほら」

莉奈がいきり勃ちを手でつかみ、濡れそぼる媚肉に押し当ててくれた。

ぐっと押し込むと、穴に嵌《は》まるような感触があった。

ここだ、と一気に腰を押す。ぬるっと、チンポが莉奈の中に入っていく。

「あ、あうんっ……お、おっきい……」

莉奈が顎を跳ねあげて、大きく背をしならせた。

のけぞったまま、つらそうにギュッと目を閉じて、眉間にシワを寄せた苦悶の表情で、ハアッ、ハアッと喘いでいる。

「う、くぅ……」

陽一も歯を食いしばらなければならなかった。

入り口が狭い。

皮がさらに剝けた痛みもあったが、それよりも、莉奈の膣内の圧迫がすさまじかったのだ。

（うっ、せ、せまっ……）

このまま……どうしたらいいかと迷っていると、莉奈がつらそうにしながらも声をかけてくれた。

「慌てなくていいのよ。深呼吸して、ゆっくりでいいから」

その言葉どおりに深呼吸をしていると、じわりじわりと感覚が戻ってきて、莉奈の膣穴の感じがつかめるようになってきた。

「あったかい……うねうねして……ああ……気持ちいいっ……」

生だから、直に莉奈の膣内を感じられる。

ぬるぬるして圧迫してくるも、じわじわ動かせばいけると思った。

ぐぐっと腰を入れると、根元まで深くめり込んでいく。

「ああんっ……！」

莉奈が喘いで、身をよじる。

熱い果肉からメス汁がぬめり出てきて、すべりがよくなっていく。

「あん……陽くんの……すごい……奥まで来るね……おっき……」

グレーヘアに褐色の肌のキュートなギャル妻が、ピンクの唇を半開きにして、深い挿入を感じている。

「あ、あの……僕のは、大きいんですか？」

恥ずかしい質問だ。莉奈がクスクス笑うと、つながっているからペニスにその振動が伝わってくる。

「ウフッ。おっきーよ。そんなに経験あるわけじゃないけど……多分、おっきーと思う。ねえ……陽くんのオチンチン、私の中に入ってるよ……ひとつに、つながっちゃったね……莉奈が陽くんの初めてもらっちゃった。うれしい……」

つらそうな顔で莉奈が伝えてきた。

「僕も……最高です。莉奈さんが初めてなんて……う、動いてもいいですか？」

「いいよ。優しくね」

言われるままに動かすと、気持ちよすぎてだめだった。

「ああ、で、出そう……」

オスの本能がそうさせたのか、陽一はいきなり激しく動いてしまう。

「あっ、だ、だめっ……いきなりそんなっ……」

莉奈は困惑した声をあげて、腰をくねらせた。

「い、痛かったですか？」

止めるのはつらかったが、なんとか止めた。

「ううん、違うのよ。オチンチンの先が奥まで来るから驚いちゃって。いいよ、好きに動いてみて」

確かに、鈴口の先にこつんと当たる部分がある。

（これ、莉奈さんの子宮？）

わからないが、ざらついた天井みたいなものを感じる。

でもそれを味わっている余裕なんかなくて、もう興奮して、ベッドがギシギシと音を立てるほどに腰を振ってしまう。

「あっ、あっ……」

莉奈がうわずった甘い声を漏らして、自分の手の甲を口に押しつける。

すごく感じて、声が出てしまうときのポーズだ。

「ああっ、ああっ、いい……気持ちいい……陽くん、じょーずっ」

感じきっているようで、莉奈はうっとりしながら目を閉じた。

（いいんだ。初めてだけど、うまくやれてる）

陽一は揺れるおっぱいに吸いつきつつ、莉奈をもっととろけさせたいと、必死に腰を振る。

結合部からはしとどに蜜があふれ、ぬんちゃ、ぬんちゃ、と粘着音が響く。獣じみた発情の匂いが濃くなっていく。

「あっ……あっ……気持ちいい……おチンチン、奥までズコズコしちゃってるッ」

莉奈が手を差し出してきた。

指をからめる恋人つなぎをしながら、ぐいぐい腰をぶつけると、

「……ああんっ、だめっ……だめっ……」

莉奈がせつなそうに顔を歪ませる。

「あんっ、あんっ……気持ちいいっ、気持ちいいよぉ……だめっ……イクッ……」

「い、イク……？　えっ……」

汗だくになりながら莉奈の顔を見た。

ギャル妻は羞恥に顔を横にそむけ、小さくコクンと頷いた。

「恥ずかしい……初めての子なのにっ……陽くんにイカされちゃいそう」

なんて愛らしいんだ。グーンと射精したい気持ちが高まっていく。

「ぼ、僕もです。気持ちよすぎて……」

ずんっ、ずんっ、と深いところまで届かせるように突きあげる。

もう何もわからない。

ただひたすら、パンパンとM字開脚したギャル妻の奥に切っ先をぶつけていく。

「あああんっ！　ねえ……イクッ……イッちゃうっ」

こっちも痺れてきた。

突き入れるたび莉奈の肉襞がうねうねとからまり、痛烈な甘い刺激が立ちのぼって
いく。あの射精前の甘い陶酔が宿ってくる。

「ぼ、僕も……で、出ますっ……あっ、でも……」

抜かなければと思ったが、しかし莉奈はそれを察してくれた。

「いいよ。そのまま出して……大丈夫だから……あんっ、ああん……」

いいんだ。許されたんだ。もう意識がとろけて抜くことなんかできない。

「ああ、出る……出ますっ」

「あんっ……一緒に、一緒にいこっ」

莉奈の表情が、いよいよ切迫してきた。

白い裸体は汗にまみれて、甘ったるいセックスの匂いが立ちのぼる。

奥まで重い一撃を入れたときだった。

「あ……あっ……イクッ……ああんっ……イクッ、イッちゃううう！」

莉奈が大きくのけぞり返った。同時に膣がキュッと縮んだ。もう限界だ。

「ああっ……」

熱い白濁液を、莉奈の子宮口に注ぎ込む。

柔らかい身体を抱きしめながら、脳が溶けるほど、気持ちよい射精を味わった。

「陽くんの精液……私の中に注がれて……あんっ、いっぱい種付けされちゃう……」

ギャル妻は呆けたような顔で、宙を見据えていた。

(ああ、女の人って……イクとこんなにエッチな顔になるんだ……)

夫以外の男に種付けされて、うっとりしている人妻に、背徳のエロスを感じた。

いけないことだ。

だけど、夢のような時間だった。

(これがセックス……すごい。すごすぎる)

初セックスの至福と誇らしい気持ちと中出し射精の快楽が、陽一の中を満たしていくのだった。

第四章　義母と淫ら入浴

1

立て続けに二度目のセックスをした。

二度目は少し落ち着いてできた。

莉奈の裸体を食い入るように眺め、そのあとには全身を触りまくり、舐め尽くして細グラマーな肢体を存分に味わった。

それでも、まだ興奮はやまないままだ。

しかし、さすがに一度シャワーを浴びようということになった。

「だってまだホテルに入ってから、セックスしかしてないんだよ、莉奈たち」

莉奈の言葉に、陽一は恥ずかしくなった。

「いや、だって……ごめんなさい……ガマンできなくて……」

「ンフッ……けだものーッ」

莉奈はからかうように言いながら、チュッとキスして、汗や唾液や精液でべとべとになった身体のまま、シャワーブースに入っていく。

（高級なホテルなんだなあ。シャワーと浴室が別々に付いてるなんて）

しばらく莉奈を持っていたものの、だ。

（くうう……だめだ……待ってられない）

陽一は裸のまま洗面所のドアを開ける。

奥が浴槽で、その隣がガラス張りのシャワーブースである。

ガラス越しに見る莉奈の裸もエロティックで、二回連続で射精したというのに、もうイチモツはみなぎりを増している。

シャワーを浴びている莉奈の背後からブースの透明な扉を開けると、ウイッグを外して、メイクも取り去った莉奈が、恥ずかしそうな顔をして苦笑いしていた。

「やだもうっ……シャワーの間もガマンできないの？」

「は、はいっ。莉奈さんと離れたくなくて……」

そう言って陽一は莉奈を抱きしめる。

シャワーから温かい湯が出ていて、ブースの中は湯気と熱気でムンムンとしている。

その中で莉奈の柔らかい裸体を抱きしめ優しくキスをして、敏感な乳首をいじっているると、早くも莉奈が足をガクガクさせ、ガマンできないとばかりにシャワーブースのガラスに両手を突いた。

（うわっ……お尻もすごい）

ヒップを突き出すような格好になる。

その桃尻を陽一は夢中になって撫でまわした。

「あんッ……いやらしいっ……陽くん、触り方がエッチになってきたわ」

莉奈が肩越しに、じとっとした目で見つめてきた。

ウイッグを外したから、先ほどまでのギャル妻は、今は黒髪ストレートのミドルレングスで、切れ長の目のクールビューティな人妻に変わっている。

（こっちの莉奈さんも好きだ。人妻の色っぽさが強調されて……）

陽一は彼女の深い尻割れに手を差し入れた。

「あンっ！」

莉奈がビクッと顔を上げ、それからうつむいて震えた。

「あれ、まだ股は洗ってないのに、なんでこんなに濡れてるんだろ」

空とぼけて言うと、莉奈は真っ赤な顔で睨んできた。

「……知らないわっ……陽くんのいじわるっ……こんなに硬いモノ押しつけられたら、欲しくなっちゃう……」

「欲しくなってください……今度は後ろからシテみたいです」

はっきりと主張を口にすると、莉奈が驚いた顔をした。

「男の子って、一回エッチすると変わるものねぇ……あんっ……」

スリットに指を這わすと、とたんに莉奈が尻を震わせて、背中をそらす。

人妻のアソコは、サラダ油を塗りたくったようにぬるぬるとしていて、熱い蜜が指先にまとわりついてくる。

「ああん……」

莉奈が恥ずかしそうに顔をそむけ、また口元を隠すように手をやった。

指で亀裂を上下にこすると、早くも、くちゅ、くちゅ、と水音が聞こえてきて、

「だめっ……」

と、莉奈はイヤイヤをするような、愛らしい仕草を見せてくる。

だけど肩越しにこちらを見る目は濡れていて、挿入して欲しいと訴えている。

「だめなんて。もう欲しいんでしょ？」

いきり勃ちをつかみながら、尻割れの奥にこすりつけつつ、グッと力を入れる。切っ先が女の中に沈み込んでいくと、

「あぅっ！」

莉奈がのけぞり、両手をガラスに突きながら、恨みがましい目を向けてくる。

「ああんっ……もうっ……いったい何回する気なの？」

「だって、いっぱいしよって……莉奈さんが……」

「そうだけど……十代の男の子の性欲を甘く見てたわ。あんなに濃いのを何回も身体の中に浴びせられたら、孕《はら》んじゃいそうよ、ウフフ」

「は、はら……」

ドキッとして、チンポがびくついた。

膣内のペニスが脈動したのを感じたのだろう、莉奈は肩越しにイタズラッぽい目を向けてくる。

「やだ……オチンチンがビクッて……莉奈を妊娠させてみたいの？　ウフフ。陽くんはイケナイ子ね」

「ああ……莉奈さんっ」

続けて三回目なのに、性欲は衰えない。

立ちバックで、ぱんぱんと音がするほど、ヒップに腰をぶつけていく。

「ああんッ！　ウソ……後ろからって、すごいところに当たるっ」

莉奈が両手をついたまま背をのけぞらせた。

「すごい……エッチですよ、莉奈さん……ほら、前……ガラス越しに鏡を見てください」

シャワーブースの向こうに洗面台の大きな鏡がある。

ガラスに手を突いて後ろから襲われている莉奈の姿が、正面から見えた。

莉奈は前を見て、ハッとしたような顔をして、

「いやっ……恥ずかしいっ……だめっ……見ちゃだめっ……」

莉奈が恥じらうと、またキュッと膣が搾《しぼ》られる。

「うう、恥ずかしいなんて……ホントは見られて興奮してるんでしょう？　ほうら、おっぱいがこんな風に……」

美乳を下からすくいあげるように、たぷっ、たぷっ、と弄《もてあそ》んでから、突起を指腹で押さえて、くにっ、と転がした。

「ぁああん……だめっ、あっ、あっ……」

莉奈が、ぼうっとした目で鏡に映る自分を見ている。

バックから犯されている自分を見て、瞳に妖しげな光を宿しているのだ。

(興奮してる……後ろからヤラれてる自分の姿を見て……)

そんな莉奈の姿に、陽一は猛烈に昂《たか》ぶった。

腰をつかみ、がむしゃらにバックから腰を振りたくる。

「やだっ、ああん……とろけちゃう……あんっ、だめっ……またイクっ……だめぇぇえっ、イッちゃぅぅ……！」

「ああ、莉奈さんっ」

莉奈は感じているため手に力が入らないらしく、シャワーブースにガラスに身体を押しつけていた。

鏡の中に、ガラスに押しつぶされた巨乳があった。

そのエロティックな光景を見て、陽一はもうこらえきれなくなって、早くも三度目の射精で、熱い子種を隣家の人妻に注いでしまうのだった。

2

十八年生きていて、これほどの幸せを感じたのは初めてだ。

先日の大阪旅行での莉奈との初セックスは、とにかく素晴らしかった。

義母の麻衣子との関係がぎこちなくなって落ち込んでいたことを吹き飛ばすくらいの恍惚《こうこつ》を与えてくれた。

（セックスってすごいなあ……）

最高だった。

だけど……。

冷静に考えれば、いや考えなくても、莉奈は人の妻である。

好きになってはいけない……ましてやセックスなんてしたら、とんでもない相手である。

一方で……その制約がまた興奮を煽《あお》るのも確かだった。

そんなことを思いつつ、足取り軽く昼過ぎにバイト先のスーパーに向かった。

「お疲れ、水野くん」

牛みたいな店長に、無愛想な挨拶をされても、

「お疲れ様ですっ。今日はいい天気ですねえ」

と浮かれて返したら、店長に怪訝《けげん》な顔をされてしまった。

バックヤードでエプロンをつけて店内に出ると、莉奈が乳製品のコーナーで、牛乳

を補充していた。

今日は白いブラウスにデニムにエプロンだ。

珍しく地味な格好だけど、いつもよりエロく感じるのは、あの服の下のすごい身体をじっくりと味わったからである。

「あの……どうも」

顔を赤らめつつ、近づいて挨拶した。

「あら、陽くん」

莉奈も普段どおりにニッコリ微笑むものの、意識しているからか、ぎこちない。

「僕も手伝います」

莉奈の横に座り、ワゴンから牛乳を取って棚に並べる。

「ウフッ、楽しかったわね、旅行」

まわりにパートや従業員がいないのを確かめて莉奈が言う。

「はい。大阪って行ったことなかったから……串揚げとか美味しかったです」

そこで莉奈がすっと身体を寄せて、耳元でささやいた。

「……陽くんのアレも……美味しかったわよ……」

「えっ！」

とたんに全身が熱くなる。

莉奈は小悪魔っぽい笑みを浮かべて、上目遣いに見つめてくる。

「あのギャルっぽい格好、お気に召したみたいね。またウイッグつけて、ギャル盛りしちゃおっかな」

「ぜ、ぜひっ」

間髪入れずに陽一は頷いた。

普段のキレイな顔立ちの莉奈も好きだ。

だけど、ギャルの莉奈はとにかくキュートなのだ。

「でもすごかったわ……陽くんにあんなにずーっとエッチなことされまくるなんて。いったい何回したんだっけ？　一日経ってもまだ莉奈ね、陽くんの精液の匂いがとれないんだから……人妻の私にあんなにいっぱい種付けするなんて、きちくーッ」

莉奈にからかわれると、顔が真っ赤になってしまう。

「だって……莉奈さんが可愛くて、とまらなくって」

「ウフッ。また旅行に行こうね。今回は一泊だったけど、今度は二泊とかいいな」

「い、いいんですか？」

バラ色どころか、人生は虹色だ。

3

「陽くん、ちょっと来て」

スーパーのバイトが終わって家に帰ると、麻衣子が部屋まで来て、下に来てと言ってきた。

（な、なんだろ……）

行ってみると、ソファに座った麻衣子の顔が強張っていた。

（まさか、田渕と旅行してないの、バレたのかな……）

咄嗟に考えた。

（そうだ。女の子と行ったことにしよう。恥ずかしくて、ママには女の子と旅行なんて言えなかったとかなんとか……）

麻衣子が硬い表情のまま、訊いてきた。

「ねえ、陽くん。旅行って莉奈さんと行ったの？」

「ふえっ？」

想定外の言葉にへんな声が出た。

（へ？　な、な、なんでそこまでバレてるの？）

　頭が真っ白だった。

　言い訳が思いつかない。

「い、いや……そんなわけ……」

「だって……聞いちゃったのよ、私……今日ね、珍しく陽くんが働いているスーパーに行ったのよ。私、あのスーパーのポイントカード持ってないから、今まで行かなかったんだけど……驚いたのよ。莉奈さんと働いてるなんて知らなくて」

　そこまで話すと、麻衣子は涙ぐんできた。

「ぐすっ……それでね、なあんだ、一緒に働いてるのを言わないなんて、水くさいわあって……驚かそうと思って近づいたら、ふたりが仲睦《なかむつ》まじくくっついて、デレデレしちゃって……昨日は一泊だったけど今度は二泊がいいなって会話が聞こえてきて……」

　陽一は固まった。

（あ、あれを聞いてたの？　ママ……）

　さあっと血の気が引いた。

　どうしようと考える。だけど、もう何も考えられない。

陽一は思いきって切り出した。

「り、莉奈さんが……その……友達と行く予定だった旅行ドタキャンされて、一緒に行かないかって誘ってきたんだ。旦那さんも行けないらしいし……も、もちろん……職場の友人としてだよ。でも誤解されるからママには黙ってたんだ」

これだ。

もうこれで押し通すしかない。

エッチしたことだけは、なかったことにしたい。

状況的におかしいと思われても、セックスしたことだけは認めない。

涙目の麻衣子が、じとーっと睨んできた。

「ぐすっ、職場の友人としてなんてありえないでしょ。だって……陽くんの机の上にコンドームが出してあったわ……買ったんでしょ？　使うために……」

終わった。

そうだった。

コンドームを机の上に出して、そのまま忘れたんだった。

「そ、それは……」

さすがにもう隠し通すのは、無理だった。

（莉奈さんと旅行……そしてコンドーム……もう言い逃れできないよな……やっぱり不倫なんて悪いこと、僕には無理だったんだ）

麻衣子は、ぐすっ、ぐすっ、と鼻をすすりながら、うつむいている。

（ついに、ママとの生活も終わりか……隣の人妻と不倫する息子なんて……）

絶望を感じていたときだった。

「……ぐすんっ……なによ……あんな女……」

ぽつりと麻衣子が口にした言葉を聞いて、陽一は「えっ」と思った。

麻衣子が拗ねたように唇を尖らせる。

「陽くん、私のことが好きじゃなかったの？」

麻衣子が珍しく、まくしたてきたので陽一はびっくりした。

さらに麻衣子は続ける。

「莉奈さんは、私みたいなおばさんじゃなくて、確かに若くてキレイだけど……それにしても、私と全然タイプが違うじゃない……なんで？」

一気に喋ったので、麻衣子が紅潮していた。

（ママ、そんな風に思ってたんだ）

びっくりしたけど、わりと冷静に聞けた。

相手が感情的になっていると、こちらは落ち着く余裕があるのだ。

「……ごめん。僕……ママにフラれて……莉奈さんが優しくしてくれて……」

「もういいわ。わかったわ……陽くん、やめないでいいから」

麻衣子の言葉に、陽一は首をかしげる。

「やめなくていいって……何を？」

「だから、その……ママのこと……好きなままでいいから……」

「ふえ？」

急転直下だ。

（どういうこと？）

じっと、涙目の麻衣子を見る。

「好きなままでいいって……へ？」

麻衣子は両膝に置いた拳をギュッと握りしめて、震えた。

「だって、陽くんから好きって言われて……そんなの絶対にだめって、自分の中ではちゃんと整理をつけたつもりなのよ。でも、陽くんはすぐに他の女と……しかも同級生ならまだしも人妻なんて……そんなのだめ。だったら私のこと好きでいてっ！」

「……でも……僕がママのこと好きでも、ママは息子としてしか見てくれないんでしょう？」

陽一が反論すると、麻衣子は一瞬、言葉をつまらせてから言った。

「……私も好きよ。陽くんのこと」

にわかに陽一は高揚した。

「ママ……莉奈さんへの嫉妬で言ってない？」

「言ってないわ。ホントよ」

「……僕の好きって、一緒に映画を見るとかじゃないんだよ。キスしたり、イチャイチャしたり、もちろん身体の関係も……」

おそるおそる言うと、麻衣子は真っ赤になって、うつむいてしまった。

だが麻衣子は……下を向いたまま小さく頷いた。

「……いいわ。陽くんと……エッチなこともちゃんとするから……だから、もう絶対に莉奈さんには近づかないで」

「ホ、ホントに？」

麻衣子はまた頷く。

「じゃあ、親父が遅くなる今日とか、でも……？」

陽一の言葉に、麻衣子は顔を上げてハッとしたような表情をつくる。

だが……両目を見開いて、震えながらも頷いてくれた。

4

「私ね、お母さんになったら、子どもとお風呂に入るのが夢だったの」

そう言われて、一緒にお風呂に入ることになり、陽一はもうドキドキしっぱなしだった。

それなのに……。

(真っ暗……まさか目隠しなんて……つらいよー)

そうなのだ。

麻衣子はエッチすると宣言したが、条件は陽一の目隠しなのである。

両目をタオルでキツく縛られた。

「陽くん、絶対にタオルを取っちゃだめよ。取ったら、その場で即終了よ」

そう言われて目隠しをしながら服を脱ぎ、あちこちぶつかりながらも、手探りで湯に入って麻衣子を待っていた。

最初は「見なくてもヤレるなら……」と興奮していたのだが、

（やっぱり見たい！　ママの裸が見たいよっ。実際に見たい）

だんだんとつらくなってきた。

もうガマンできない。

こっそり目隠しタオルをちょっと上げて、顔をわずかに上向かせつつ、隙間から見ていたときだ。

浴室の半透明ドアに麻衣子のシルエットがあった。

（き、きたっ……ママが……服を脱いでるっ）

もしかしたら目隠しさせたので服は着たままなんて、ズルするかもと考えていたが、真面目な義母は約束をきちんと果たすつもりらしい。

上を脱ぐと、たわわな乳房のふくらみがぼんやりと透けて見えた。

（す、すご！　シルエットだけでも大きいってわかる）

さらに麻衣子はスカートを落とす。女らしい腰のカーブや、ムチッとした大きなお尻のシルエットもすべて透けて見える。

続けて背中に両手を持っていく。

ブラジャーがゆるみ、それを腕から抜き取って、次はパンティを下ろしていく。

（ああ……ママが裸に……やっぱり見たい。ごめん。ズルするよ、ママ……）

麻衣子は浴室の戸を開けて、恥ずかしそうに入ってきた。

大きなタオルでおっぱいや下腹部を隠しているものの、丸い肩や腰のくびれ、まろやかなヒップ、むっちりした太ももなどがハミ出て見えてしまっている。

（な、なんてエッチな身体をしてるんだ……）

髪を濡れないようにアップにし、うなじを見せている義母の、ほんのり赤らんだ愛らしい顔がいつもより色っぽく見える。

「み、見えてないわよね、陽くん」

「見えてないよ。真っ暗だよ。ママ、入ってきたんだね」

わざと見えていないふりをする。

（ごめんね、隙間から見ちゃってるんだ……おわっ！）

陽一の目は釘付けになった。

麻衣子がシャワーヘッドを持った瞬間、身体を覆っていたタオルが外れ、一糸まとわぬヌードが拝めてしまったのだ。

（ああ！　ママの身体って……想像以上にムッチリといやらしかったんだ。まさにマシュマロボディだ）

肩にも背中にも、柔らかそうな脂肪が乗って、三十八歳の熟れに熟れたムッチリしたボディラインをつくっている。

そして……ついに麻衣子の生乳が拝めた。

Gカップのおっぱいは、少し垂れ気味ではあるものの、下側が充実したふくらみをつくって、しっかりと張りがあった。

くすんだ色の乳輪が、想像以上に大きかった。

だがそれこそが、熟女であり人妻のおっぱいらしくて、いやらしい。

(大きいっ……おっぱいもお尻も……ムチムチして肉感的で……莉奈さんより小柄なのに身体が丸みを帯びて……柔らかそうっ)

湯に浸かりながら、陽一は目隠しタオルの隙間から覗いて鼻息を荒くする。のぼせそうだけど、そんなことはおかまいなしだ。

股間をたぎらせつつ、麻衣子の可愛らしい顔と、身体つきのいやらしさのギャップを堪能する。

「ウフッ。残念ね。ママの裸、見たくても見られないなんて」

シャワーで身体を濡らしながら、からかうように義母が言う。

(いや、ホントは見えてるんだ。ごめんね)

目隠しの隙間から覗きつつも、時々、覗いていないフリをするのが面倒ではあった。

「ウフフ。身体を洗ってあげるわね。そこから出られる？」

「う、うん……」

陽一は見えないふりをして浴槽から出て、洗い場の風呂椅子に座った。

麻衣子を背にして、陽一は思いきって言う。

「ママ……手で洗って欲しいな。ママのぬくもりを感じたい」

「手？　えっ……手で？　ぬくもりって……」

麻衣子は母のぬくもり、という言葉に弱い。

母を知らぬ陽一に、義理でも母親のあたたかさを陽一に感じて欲しいと思っているからである。

「陽くん……こ、これでいい？」

ボディソープの泡をまとった麻衣子の細い手が、陽一の背や脇腹を這っていく。

「ひゃっ、くすぐったい……でも、気持ちいい……」

麻衣子はウフフと笑って、さらに尻割れの始まりの部分まで、泡のついたぬめった指をくぐらせてくる。

「くっ……ママ、前もいい……」

そんなところまで洗ってくれるなら……そういった期待を胸に、試しに伝えてみると、麻衣子の手が前にまわり、肩から胸板を撫でてくる。

陽一の肩甲骨《けんこうこつ》に、柔らかくて豊かなふくらみが当たってドキッとした。

「ママのおっぱい、柔らかいね」

「あン、陽くん。余計なことは言わないでいいから……」

そうは言われても、動くたびに、ふにゅっ、ふにゅっ、と背中に何度も押しつけられる大きな熟女乳房を意識しないわけにはいかなかった。

(あっ、ママの乳首……硬くなってきた)

背中にこりこりしたものが当たっていた。

言うと怒られそうなので黙っていると、麻衣子の手の動きが大胆になってきた。

「細くても胸板とか筋肉とか、しっかりしてるのね。それに肌も、私よりもすべすべ……なんか、ぷにっ、として……可愛いわ」

麻衣子はいつしか、背後から陽一をギュッと抱きしめるようにしながら、陽一の身体に触れまくって泡まみれにする。

(なんかママの手の動きがいやらしい。洗ってるんじゃなくて愛撫してるみたい)

そんなことを考えていると、

「あっ……」

麻衣子が手をビクッと震わせた。

そそり勃った肉竿が陽一の臍《へそ》まで届いていて、切っ先に指が触れてしまったのだ。

「そ、そこも……洗って、ママ……」

「ええっ？」

「だっ、だってて……そういう関係になるって、ママ、約束してくれたよね」

こんなチャンスは滅多にない。

一度は諦めていた義母との相姦が現実になりそうで、陽一は遠慮なしに言い放つ。

（やっぱりセックスを経験したのは大きい。ちょっとだけ余裕がある気がする）

陽一の後ろで、麻衣子は戸惑っているように感じた。

だが……。

背後から伸びてきた麻衣子の指が、陽一の薄い陰毛をかき分けて、肉竿の根元に巻きついてきた。

「あンっ！　マ、ママッ」

いきなりの刺激に、陽一は甲高い声を漏らしてしまう。

（目隠しプレイで、感覚が鋭くなっているっ）

ちらりと隙間から覗けるものの、ほとんど何も見えない。見えないから、他の感覚が鋭くなって感じやすくなっているのだ。

「ウフフ。女の子みたいな声を出すのね、陽くんって」

「だ、だって……目が見えないから……感じるっ……おおうっ」

陽一の反応に気を良くしたのか、麻衣子の手がゆったり動いて摩擦を始める。

勃起の表皮に浮き出た血管を撫でられると、飛びあがりそうな快楽が早くも陽一に宿ってきた。

「ママ、たまんないよっ……」

唸るように言えば、麻衣子は嘆息しつつ、大胆に手を動かしてくる。

「……いいわ……ママの手でいっぱい感じて……」

陰嚢《いんのう》が、麻衣子の手によって弄ばれている。

片方の手でクルミを転がすように遊ばれ、もう片方の手は、竿の部分をゆったりとこすってきた。

「うわっ、気持ちいい……」

麻衣子の手の動きがいやらしすぎた。

(ああ、こんなキュートな熟女を……真面目で可憐なママを……風俗嬢みたいにさせている。ひどい息子だ)

そう思うのに、もっとエロいことをして欲しかった。

麻衣子の左手にしている結婚指輪が、敏感な鈴口に当たった。

「お、親父にも、こういうことしてるの？」

嫉妬に駆られ、思わず訊いてしまった。

手の動きがぴたりとやんで、背後でため息が聞こえた。

（しまった……怒られる）

しかし、麻衣子は再び手の動きを速めていき、今度は恥ずかしい会陰《えいん》にまで手が伸びてくる。

「あうっ！」

敏感な部分を指でなぞられて、陽一は伸びあがる。

背後でクスクスと笑う声が聞こえた。

「……してないわ、お父さまには……こんな破廉恥《はれんち》なこと……こんなことしているのは陽くんだけよ。うれしい？」

「ぼ、僕だけ……エッチなママは僕だけのものなんだ」

にやけていると、背後から軽く頭を叩かれた。

「陽くんのエッチ……とっても恥ずかしいのよ……でも……陽くんが、してほしいって言うから」

「だって、可愛いんだもん、ママ……ホントにホントだよ……ごめんね、ママ……ホントは母子の関係になりたかったのに、僕が好きになってしまって」

正直な気持ちを伝えると、麻衣子は手を休めて静かに伝えてきた。

「ホントはね、私……陽くんに盗撮や汚れた下着を使われているのを見たとき……怒るべきなのに……ドキッとしちゃって……身体を熱くしてしまったの」

「えっ？」

目隠しのまま振り向いた。

「今の言葉、ホント？」

「……ええ……ホントよ……いやらしい子って思ったけど……でも……ちょっぴりうれしかったっていうか……だめなのはわかってるのに……好きよ、陽くん」

信じられなかった。

今までは、莉奈への対抗心でエッチなことをしてくれていると思っていた。

しかし麻衣子は陽一を、男として意識していたと口にした。

「……ママとひとつになりたい……ママの中に入りたいよ……」

ごくっ、と唾を呑む音が聞こえた。

表情は見えないが、麻衣子が困惑しているのが手に取るようにわかる。湯気がふたりの身体を押し包む中で、母子の関係が、いよいよ男と女の関係になるのだと陽一は震えた。

(でも……ママがイヤがったら……もうやめよう)

そう覚悟も決めていた。

だが……麻衣子の手は肉竿から離れて、陽一の頬に触れた。

「いいわ。お風呂であったまってから……続きはお布団で、ね」

5

ようやく陽一は目隠しのタオルを外した。

麻衣子が半透明ドアの向こうで身体を拭いている。

そして……。

見ていると麻衣子は服を身につけず、大きなバスタオルで胸まで隠してから、

「いいわよ、出ても」

と、言って脱衣場から出ていった。

（ブラジャーもパンティもつけてなかった……ママはもう覚悟してる……）

陽一は浴室から出てから丁寧に身体を拭き、麻衣子がしたのと同じように腰にバスタオルを巻いて夫婦の寝室に向かう。

（いよいよ、ママとヤレるんだ……）

すさまじい緊張で、おかしくなりそうだった。途中で自室に寄って、コンドームも持ってきた。準備は万端だ。

震える手で、寝室のドアを開ける。

麻衣子はバスタオルだけの格好で、大きなベッドの端に腰掛けていた。

「ママ……」

呼びかけると、麻衣子はちらりとベッドを見てから、後ろめたそうな、せつなげな表情をつくる。

それはそうだろう。

夫婦の寝室で、その妻を……息子が寝取るのだ。

異様な興奮が陽一を包み込んでいた。

「陽くん。まだ髪が濡れて……ウフフ。急いで来たんでしょう？」

手招きされて隣に座ると、小さなタオルで髪を拭いてくれた。

「私たち、ついに一線を越えてしまうのね……」

哀《かな》しげに言われて、陽一はいたたまれなくなった。

「ママ……ママがいやだったら、僕……」

麻衣子は首を横に振った。

「いいの。お父さまには……ホントに申し訳ないけど……この気持ちにはどうしても抗えないの。何度もだめと言い聞かせたのよ……でも、私……陽くんとひとつになりたいの……入れて欲しい……」

麻衣子の瞳が潤んでいる。

陽一は、莉奈から学んだことを糧《かて》に自分から唇を差し出した。

一瞬だけ躊躇《ちゅうちょ》していた麻衣子だったが、それを受けて唇を重ねる。

(ああ、ついにママとキス……)

震えるくらいの感動だった。

昂ぶったまま右手を麻衣子の胸元に持っていき、バスタオルを剥《は》ぎ取った。

「ンッ……」

麻衣子がピクッと震えて、両手で胸を隠す。

「隠さないで……いいよね。ママの身体は僕のものなんだから……」

キスをほどいて、恋人のような台詞《せりふ》を口にしてからベッドに押し倒した。

「あん……陽くんっ……」

麻衣子は恥じらい、顔を赤らめる。

そして照れながらも、おずおずとふくらみを隠していた腕を、だらりと下ろした。

麻衣子の全裸が露わになる。

(すごい……ママの身体……こんなにいやらしい……)

唾を呑み込んで、横たわる義母を眺める。

身体の横にハミ出るほどの巨大なふくらみから、くびれた腰つき、そしてお尻へと続く身体のラインはかなりのボリュームである。

三十八歳の人妻の完熟ボディだ。たまらなかった。

莉奈とあれほど何度も身体を交わしたのに、麻衣子の前では童貞に戻ってしまったように、無我夢中でおっぱいを揉みしだく。

(なんて柔らかいんだ……)

形がつぶれるほどの軟乳に陶然となる。

三十二歳の莉奈とは乳房のハリは違うものの、麻衣子のおっぱいには、包み込まれるような母性を感じた。

「あんッ……んふんっ……陽くんっ……」

愛らしい熟女が、感じた顔を見せる。

だが、麻衣子の表情はまだ不安そうだ。

息子との性行為……。

複雑な思いがあるのだろう。

だが、その少女のようないたいけな表情がそそる。

（緊張してる……だめだ。ママをもっと淫らにさせたい）

もっと感じて欲しかった。

ならば言葉でも責めたくなった。

「ママ……まだセックスを知らない女の子を犯してるみたい……すごく可愛いよ」

「ああン。やだ、陽くん。私、あなたより二十歳も年上なのよ。そんなおばさんに可愛いなんて」

「だって……感じるのが怖いって、そんな顔してるんだもん」

陽一の手が麻衣子の股をくぐる。

だが……麻衣子の太ももがキュッと閉じて、陽一の侵入を拒んでいた。

「ママっ……怖がらないで。ママの全部が見たいよ」

興奮しながら陽一は言う。

麻衣子が、困った顔をする。

「恥ずかしいわ。ママのアソコなんて……きっとがっかりするわ」

「そんなことない……好きなんだ、ママ……」

必死に思いを伝えると、麻衣子が太ももの力を緩めたのを感じた。

羞恥と興奮で汗ばんでいる麻衣子の身体を手でなぞりつつ、ゆっくりと麻衣子の脚を開いていく。

「あ、ああ、そんな場所を息子に……」

恥じ入ったような、きれぎれの嗚咽《おえつ》が義母から漏れる。

それでも麻衣子は隠さなかった。

大きく脚が開かれる。

（これがママのおまんこ……）

わずかに色素がくすんでいて、加齢を感じさせる熟女まんこだ。

だが、そんな三十八歳の恥部が、人妻らしくていやらしかった。キュートな童顔と人妻の黒ずんだ陰部のギャップがやけにそそる。

「ママのアソコ……もう……ぬるぬるしてる」

キラキラと艶めいたメスのシロップが、股の間をたらりと零《こぼ》れていた。

甘酸っぱい匂いも、莉奈よりも濃い目だ。

陽一は指を伸ばして、そっと愛液をすくってみた。

「あんっ……だめ……」

指先が当たった瞬間、麻衣子の腰が魚のように跳ねた。

「感じやすいんだね、ママ」

「違うのっ……久しぶりだから……あンッ」

また指で触れると、麻衣子は身をよじらせる。

たまらなかった。

陽一は花弁を指で左右にくつろげ、人差し指をそっと差し入れてみた。

「うふんっ」

麻衣子の声が官能的に甘くなる。

(熱い……うねうねもすごい……ここに入れたい……)

指でいじくるうち、麻衣子の表情がとろりととけて、ぱっちり目も瞼が半分落ちて色っぽく変わってきた。

だめだ。ヤリたい。ガマンできない。

「ママ……いい？　さっき部屋から……避妊具は持ってきたから……」

義母はわずかにためらい顔をした。

ついに息子とつながるのだ。後ろめたいに決まっている。

「……いいわ……」

麻衣子は身体の力を抜いた。

陽一はいきり勃つペニスにコンドームを被せ、姫口に向かう。

先ほど指を入れたが、おそろしいほど狭かった。

おそらく莉奈よりも狭い。

本当に入るのか……大丈夫なのか……不安になりながらも、正常位で思いきって腰を送る。

「ンンッ」

軽く切っ先を押し当てただけで、義母の身体がビクッとした。

「ああン……私の中……入ってくる……陽くんのオチンチンが……」

麻衣子がギュッと眼をつむった。

緊張しているのだ。

(可愛いな、ママ……震えてる……そんなママとひとつになる……)

グッと腰を送る。

ゴムありのペニスが母の胎内に埋め込まれる。

「陽くんッ……あッ……あンッ」

義母の手が、ギュッと陽一の腕をつかんで、まるで海老《えび》のようにのけぞった。

挿入の衝撃がすごかったのだろう。

豊かなバストが左右に流れて、熟れきった身体から汗が散った。

「ああ……ママ……入ったよ……ああ……」

陽一は義母と結ばれた感動で身体を震わせた。

「ママの中、気持ちよすぎる……チンポがとろけそう」

粘膜がまるで、精液を搾り取ろうというように締めつけてくる。

「ああン……奥まで……私の……届いたことないところに……」

麻衣子が苦しげに唸った。

（えっ……？　届いたことのないところ？　ママの一番奥を初めて奪ったんだ）

背徳感よりも独占欲が揺さぶられた。

「ママ……いいの？　ママ……」

少しずつ動かしてみる。

「ああんッ……熱いわ……陽くんのオチンチンが、ママの中をこすっているのがはっきりわかるの……母親なのに、息子に挿入されて感じちゃうなんて……」

麻衣子が戸惑いつつも、感じた声を放つ。

表情を見れば、義母の瞼はとろんと落ちかけていた。

紅唇も半開きでせつなげだ。

全身が汗ばんで、甘ったるい女の匂いと、生々しい愛液の匂いを醸し出している。

「ママ……ママを犯すね。ママの身体、いっぱい味わってあげる。すぐには出さないからね」

独占したくて、そんな言葉を吐いた。

（ママを感じさせたい……ママを乱れさせたい……）

陽一は前傾して、ググッと腰を前に出した。

「あんッ！　い、いやぁ……ま、まだ奥に行くの？　ああん……陽くんっ……だめえっ……ママを味わうなんて……だめになっちゃうからぁ」

恥ずかしそうに首を振る麻衣子の目に、羞恥に涙が浮かんでいた。

「ママ……だめになっていいよ……僕の前でエッチな姿を……親父にも見せたことない姿を見せてよ」

肉柱を深く咥え込んで、息を乱す義母は美しかった。

嫉妬が募る。

自分のものにしたいと、ぬぷっ、ずちゅっ、と激しくピストンをすれば、濡れきった膣奥から愛液があふれてくる。

「あんッ、そんなにしたら……はあんっ……」

麻衣子が顔を近づけて、唇を差し出してきた。

（ママからキスをおねだりっ……）

驚きつつ顔を近づけると、麻衣子がキスして舌を入れてきた。

（ママからベロチューなんて！　信じられないっ）

義母の舌が、いやらしく陽一の舌にからんでくる。

同時に陽一の髪の毛をすくように手を入れて、むちゃくちゃに撫でまわしてくる。

麻衣子がいよいよ乱れてきた。

それがはっきりわかって、うれしくてたまらない。

「ママ……好きだよ……気持ちいいよっ」

キスをほどいて叫びながら、義母の腰を両手でつかみ、さらに奥までをがむしゃらに突いた。

「ああっ、だめっ……ホントにだめになっちゃう……よ、陽くん……激し……こんなの初めて……ああンッ」

力任せのストロークに、麻衣子は背をのけぞらせる。

ゴム越しでも、先端に柔らかいものが当たっているのがわかる。

(子宮口が下りてきてる！)

莉奈とのセックスの後に、ネットで調べたのだ。

女性は孕みたくなると、赤ちゃんをつくりやすくするために、子宮が下りてくるって説があると……。

「ママ、子宮に続いてるよ……欲しいんだね……僕の……精液っ……」

麻衣子はハッとした顔をして首を横に振る。

「ち、違うのっ……ああんっ……陽くんっ……ああん、違うのっ」

義母は必死に否定する。

だが、喘ぎ声はもう艶っぽく乱れ、肉襞が精液を搾り取るように、うねり続けているのだから、その言い訳は通じない。

「ああ、ママ……だって、ママ……僕を搾り取ろうとしてるよ」

ならばわからせるための実力行使だ。

子宮にペニスの先をぶつけるように奥を穿《うが》つと、

「ああっ、いやっ、そんなっ……あ、ああ……だめっ、おかしくなるッ……陽くんの当たってるッ」

「言って、ママ……精液欲しいんだよね、ママ」

麻衣子は小さく頷いた。

「欲しいわ……ああん、陽くんの精液が……欲しいっ」

ついに言わせたことで、さらに陽一の興奮が高まる。

（すごい乱れて……ママ……）

栗色の艶めいた髪が、汗で額に貼りついている。

目の下がねっとり朱色に染まり、シーツはもう、ふたりの汗や体液で、シミがいくつもできていた。

揺れ弾むバストの乳頭が、もげそうなほど尖りきっている。

陽一は夢中になって乳首をチューーッと吸いあげた。

「ああんっ、だめっ……ああん、いや、陽くんっ……それだめ。イッちゃうッ……！」

膣がギュッとペニスを食いしめてくる。

麻衣子は次の瞬間、自らの親指の爪を嚙んだ。

「ふっ、んぐっ……んンッ」

懸命にメス鳴きのアクメ声をこらえたものの、それでも女体がヒクヒクと痙攣して、肉壺が蠕動《ぜんどう》しているから、イッたことがはっきりわかった。

(イッたッ！　ママが、僕に抱かれて……)

色っぽい麻衣子のアクメ顔を見ながら、陽一にも至福が訪れた。

「ママッ……僕も出るッ……」

恍惚の中、ゴムの中に大量に精液を吐き出した。

「ああん、こんなにたくさんっ……わかるわ……陽くんの熱いのがいっぱい出てるッ」

放出の心地よさの中、美しい母を、自分の女にした悦《よろこ》びが、ジンと込みあがる。

(気持ちいい……ママと……ついにママと結ばれたんだ)

母と子の許されない相姦は、精液を出し終えてもなお、陽一の心に深い至福を与えてくれるのだった。

第五章　お隣で背徳の戯《たわむ》れ

1

（ん？　あれ、朝……）

いつの間にか眠ってしまった。

カーテンの隙間から、柔らかな朝の光が差し込んでいる。

夫婦のベッドの上でその妻を寝取り、そのまま寝てしまったのは、息子としてはなんともいえない気持ちになる。

だが……。

横には無防備な寝顔をさらしている、麻衣子の姿があった。

（ああ……こんなに可愛い人を僕は抱いたんだ……僕のものにしたんだ……）

初めて会ったとき、どうしようもなくときめいた。

くりっとした目が特徴的なキュートな人だった。

丸っこい顔立ちに、ふんわりした栗色のボブヘアが似合っていて、三十八歳にはまったく見えない童顔がチャーミングで、明るくて優しかった。

そんな女性が新しい母親になる。

うれしかったし、親父を祝福したかった。

だが、半面……。

いけないとは思いつつも、麻衣子の悩ましいほど大きなバストやヒップに、どうしても邪《よこしま》な視線を注いでしまっていたのも確かだ。

好きになってはいけない人だ。

そう思って諦めたけれど、諦めきれなかった。

それがまさか……。

（ママも僕のことが好きだったなんて……）

タオルケットをかけた麻衣子の寝姿に近づき、ドキドキしながら、そっとめくってみる。

（あぁっ……キレイだ……）

真っ白くてすべすべした肌。

男の手でもつかみきれないほどの巨大なバスト。

くびれているが、柔らかそうな肉のついた豊かな腰つき。

ムチムチした太ももに、大きなヒップ。

昨日あれほど舐めまくって触りまくったけど、全然飽き足らなくて、見ているだけで朝から勃起してしまう。

「ううん……」

麻衣子が無意識のなか、剥いだタオルケットをつかんで戻そうとした。

そうはさせまいと、タオルケットをベッドの下に投げ、その代わりに裸でギュッと抱きしめて、大きな乳房に顔を埋めた。

「ママ……」

麻衣子の肌から、甘い匂いに混じって乾いた唾の匂いがする。

特に乳首だ。

麻衣子の乳房に、陽一の唾液の匂いが強く残ってしまっている。

昨日、シャワーを浴びずに寝てしまったから、自分の痕跡が麻衣子の身体にばっちり刻まれているのである。

欲望の目で眺めていると、義母が目を覚ました。

「ん……陽くん……もう起きてたの？　おはよ……」

そう言いつつ、タオルケットがないのに気付いて、麻衣子は自分の乳房を両手で隠した。

「タオルケット剥いじゃった。ママの裸、ずっと見てたんだ」

麻衣子は「もう」と怒った顔をする。

「やだわ。メイクだけは落としたのよ。すっぴんの寝顔とか、シャワーを浴びてないママの裸を眺めるなんて……」

「すっぴん？　ママ、全然変わらない……可愛いよ」

「そういうのは恋人に……と言っても無理よね……私たち……」

麻衣子は少し後ろめたそうな顔をした。

泣き虫だから、目がすぐに、うるうるとしてしまう。

「ママ、ごめんね。でも……ホントにうれしかった。僕、ずっとママに恋人になってなんて言わないから……同世代のガールフレンドつくるから……それまで、いい？」

昨日の夜、寝るときに考えていたことだった。

「ウフフ……あら。私、陽くんのセフレみたい」

陽一は慌てた。

「ち、違うよっ。でも、いやだったら……」

あたふたして言うと、麻衣子がクスクス笑ってギュッと抱きついてきた。

「ウフッ。ウソよ。あン……ッ」

麻衣子が真っ赤になって腰をちょっと引いた。

勃起が麻衣子の脇腹あたりをこすったからだろう。

「やだ……もうこんなになってるの？　昨日、あんなにいっぱいしたのに……」

「だって、さっきママのふかふかおっぱいを揉んじゃったから……」

「寝ているときに？　私にイタズラしたの？」

「うん、でも……おっぱいだけだよ。うっ……」

麻衣子の手が、勃起を軽くシゴいてきた。

「いけない息子ね。お仕置きします」

麻衣子はそう言うと、身体をズラして陽一の勃起に顔を近づける。

「うわああっ！」

亀頭が温かなものに包まれた。

モーニングフェラだ。

「う、くううう……」

気持ちよすぎて頭が痺れる。

シャワーを浴びてないペニスは、匂いも相当にキツいだろう。

だけど麻衣子はそんなことなど気にせず、美味しそうに勃起をおしゃぶりする。

「むふんっ……どう？　気持ちいい？」

勃起を口から離して、麻衣子が上目遣いに見つめてきた。

「気持ちいいよ。またママを襲いたくなっちゃう」

「あんっ。もう……昨日あんなに……ああんっ、思い出したわ。ママ、陽くんにすごいエッチなことといっぱいされたわ……恥ずかしいこともいっぱい……」

麻衣子が目の下を紅潮させる。

確かに昨晩、麻衣子に恥ずかしいポーズをさせたり、パイズリとか特殊なプレイをリクエストした。

「許さない。今度はこっちが責めてあげる」

麻衣子は再び分身を咥え込んで、激しく顔を前後に打ち振ってきた。

「あっ……あっ……だ、だめっ……ママ……出ちゃう」

ニコッと笑った麻衣子は、すぐにまたおしゃぶりを再開した。

「ああ……いいんだね、ママ……出すよっ」

尿道が熱くなり、甘い陶酔が意識を揺らめかせる。

「イクッ……出、出るよ……ママ……ママの口に……ッ……くううう……」

熱いものが切っ先から放たれて、麻衣子の喉を直撃する。

「ん……ンンッ……」

麻衣子の困惑した表情が、口中に注がれている吐精の量を物語っている。

だが義母は陽一の勃起から唇を外さずに、目をつむりながら、

「ん……ん……」

と、頬を窄めて小さな喉を、こく、こくっ、と上下させた。

「ああ……ママ、僕のザーメンを飲んでくれるなんて……」

勃起を口から外した麻衣子は、口元を手で拭った。

「すごい量……粘り気もすごくて……あんっ、喉にくっついちゃうわ」

「ごめん……まさか朝からあんなに出るなんて」

「ウフフ。でも気持ちよかったんでしょう？　よかったわ。さあ、降りて朝ご飯にしましょう」

「う、うん」

すっきりして、生まれてから一番気持ちのいい朝を迎えた気がする。

2

「じゃあ、行ってくるわね」

ダイニングテーブルで遅い昼食をとっていると、麻衣子がピアスをつけながら慌てている姿を見せた。

お洒落なグレーのワンピース姿に、陽一の目は釘付けになる。

（む、胸の谷間が……それにお尻も生地が破けそうなほどパツパツで……）

身体のラインの出るエッチなワンピースは、胸の形が丸わかりだし、ヒップの肉の盛りあがりがセクシー過ぎる。

ミニ丈だから、パンティストッキングに包まれたムッチリした太ももが半ばくらいまで露出しているのも、陽一には気になった。

「気をつけてよ、ママ、そんな格好で……同窓会でしょ？」

「あら、おばさんには似合わないって言うの？」

麻衣子がむくれる。

久しぶりの同窓会ということだが、人妻といえども、これほどの美しい同級生が現れたら、おじさん連中は絶対に放っておかないと思う。

「逆だよ、ママ。エッチ過ぎるんだよ、格好が……絶対にナンパとかされるから、お酒を飲ませられても断ってね」

本気で心配するも、麻衣子は楽しそうに笑っている。

「ウフッ。ホントは着物も考えてたのよね。私、着付けもできるし」

「えっ、そっちにしてよ、ママ」

着物の方が目立つだろうけど、露出は間違いなく少ないはずだ。

お願いすると、人差し指で額を小突かれた。

「だあれ？　結局、おクチだけじゃガマンできなくて、朝からママを押し倒して、着付けの時間をなくした人は？」

「あっ……」

カアッと頭が熱くなる。

フェラして、ゴックンしてもらった後……。

それだけでは収まりがつかなくて、結局、麻衣子を押し倒して半ば無理矢理に、モーニングセックスに持ち込んだのだ。

「ぼ、僕……」

「そうよね。ママを朝から襲うなんて。ひどい息子だわ」

笑いながら、麻衣子が言う。

「お、襲うって……そ、そんなこと……してないよ」

過激なことを言われて全身が熱くなる。

「どうかしら。ママの両手を押さえつけて……待ってと言ったのに強引に挿入してきて……それに陽くん……私の首にキスマークつけそうになったでしょう？」

「それは、その……興奮しちゃって……」

「もうっ……気をつけないと、ずっとエッチなことしてくるんだから。大学での成績が落ちたら、もうさせてあげないから」

「えー、そんなあ」

「母親としては当然です」

「恋人としては？」

「それは……恋人としても、彼氏がセックスにうつつを抜かして、学業がおろそかになるのは哀しいわよ。それと、もうひとつ」

麻衣子がすっと寄ってきて、見つめてくる。

「莉奈さんとは、会わないこと」

バンビみたいな愛くるしい目が、笑っていなかった。ちょっと怖い。

「う、うん。わかってる」

素直に答えると、麻衣子はニッコリと微笑んで、

「じゃあ行ってくるわね」

と、陽一にキスして、玄関に向かうのだった。

（これでいいんだ、これで……）

母であり恋人って、他人から見ればおかしいだろうけど。でも、こうなってしまったのは仕方ない、と思う。

ふいに、麻衣子の匂いがした気がした。

人差し指を鼻先に持っていくと、魚のような生臭さが匂う。

（ママの愛液の匂い……洗っても落ちない……嗅ぐとエッチな気持ちになる）

また気分が高揚したときだ。

スマホが鳴った。画面を見ると莉奈からである。

無視しないといけないと思いつつ、いつもＬＩＮＥで電話してくるのは珍しいから
思わずボタンを押してみた。

「陽くん？　麻衣子さんはいるかしら」

「えっ、僕じゃなくて？」

「ウフッ。陽くんと遊びたいけど、莉奈、麻衣子さんに釘を刺されてるのよねぇ。陽くんに近づいちゃだめって」

「マ、ママ……じゃなくて、母から？」

「うん。麻衣子さん、陽くんと旅行したこと聞いちゃったみたいね。まずったわー。まさかあのスーパーに来てたなんて。しばらくは会うのひかえよっか？」

ひかえよっか……ということは、だ。

(莉奈さん、まだ僕と関係を続けてもいいと……どうしよう……)

もちろん陽一も続けたい気持ちだった。

だが……義母との約束もある。

悩んでいると、莉奈が続けざま話しかけてくる。

「要件はねえ。私のところに間違って麻衣子さん宛ての荷物が来ているのよ。ちゃんと宛名見ないで受け取っちゃったから。取りに来てもらうか、持っていこうかと思って」

あ、ちゃんとした用事か。

それなら会ってもいいかと返答する。

「今、母も父もいなくて……僕が取りに行きます」

「あら、悪いわよ。そんなに大きいものじゃないから、莉奈が持っていく」

それは悪いと断ったのだが、莉奈に押しきられて持ってきてもらうことになった。

しばらくして、インターフォンが鳴る。

玄関ドアを開けた瞬間、陽一は固まった。

例のアッシュグレーのウイッグをつけていて、莉奈は陽一の大好きなギャル妻に変身してやってきたのだ。

しかもだ。

メイクばっちり。

銀色のピアスみたいな、目立つアクセサリーも身につけている。

そして、タンクトップにデニムショートパンツという露出の高い服装だ。

「あ、この髪？　ウフッ……陽くん、莉奈のギャル姿が好きだから、また見せてあげようかなって。うれしい？」

「そりゃあ、うれしいです。それよりもその格好……」

「ウフッ。好きでしょ？　こういう露出の多い服。はい荷物。間違いないわよね。一応確認して」

莉奈は陽一が戸惑っているのを無視して、しゃがんで段ボールの箱に貼ってある宛先を指差した。

(どこからだろ……ああ、おばあちゃんからか……)

義母の母親からの宅配は恒例となっている。

野菜などの食料品が入っているのだ。

と、確かめながら、ふいに莉奈を見た。

しゃがんで前屈みになっているから、ゆるゆるのタンクトップの胸元が大きく開いている。

(うわっ！ ノーブラっ。おっぱい見えてるっ)

小麦色のふくらみが、ほとんど全部見えそうになっている。

と思っていたら、莉奈がさらに前に屈んだので、乳首がチラッと見えた。

(ち、乳首！ ナマ乳首)

一瞬だが間違いなく乳首が見えた。

桜色の小さめ乳首。いつ見ても人妻と思えぬほど清らかだ。

「ウフッ……陽くんっ……なあに見てるのっ」

妖艶に笑いながら、ギャル妻が胸元を手で隠した。

「い、いや……だって……無防備なんですよ」

「ウフッ。エッチ。またしたくなってきちゃった？」

「い、いや……それは……」

困った。実に困った。

ヤリたいけど、ヤッたら麻衣子と終わる。

「なあに？　麻衣子さんとエッチしたから、もう十分ってわけ？」

ギクッとした。

「なっ……ええっ……？」

狼狽《うろた》えていると、褐色肌の灰色髪のギャル妻がイタズラっぽく笑う。

「女って敏感なのよ。他の女と寝た痕跡なんて、すぐにわかるんだから。今まで麻衣子さんとふたりで家にいたのよね。じゃあ相手は麻衣子さんでしょ？」

図星だった。

強張った顔をしていると、莉奈は陽一の右手をつかんで匂いを嗅いだ。

「これが麻衣子さんの匂い……あはっ、可愛い顔して、意外とアソコはいやらしい匂いさせてるのね」

莉奈は陽一の指をしゃぶって、上目遣いに見つめてきた。

「おいしい、麻衣子さんの愛液……ところで麻衣子さんに何て言われたの？」

「な、何って……」

「ママとセックスさせてあげるから、莉奈と会わないで、とか？」

ドキッとした。完全に当たっている。

「あ、正解なんだ。ふーん、身体使うなんて、なかなかやるじゃない麻衣子さん。ねえ、まさか生でヤッたの？」

陽一は首を振った。

「なるほど。じゃあ、莉奈が一歩リードね。ウフッ」

いきなり自宅の廊下で押し倒され、キスされて舌を入れられる。

それだけでもとろけてしまうのに、

「ンッ……！」

莉奈がキスしながら、生温かな唾を口の中に落としてきた。

（うわっ……莉奈さんの唾液が……甘い……）

こく、こくっ、と呑み込むと、胃の中が熱くなっていく。

（ああ、エッチなベロチュー。たまんない……）

気がつくと、陽一は莉奈の身体を廊下の床に押しつけ、タンクトップをめくりあげて乳房にむしゃぶりついていた。

「あはっ……けだものーッ……ウフッ、かーわいい、あっ……あっ……」

乳首を舐めると、早くも莉奈はのけぞり、色っぽい喘ぎ声を漏らし始める。

「あんっ……ウフッ。ねえ……ウチにいこ。今日は旦那がいないから、莉奈のエッチな声、いっぱい聞かせてあげる。一晩中イチャラブセックスしまくってもいいよ」

ハッとして、陽一は顔を上げる。

「い、いや、それは……」

これ以上はまずい。

もちろん莉奈とこのままイチャイチャしまくりたい。

だけど、そんなことをしたら、麻衣子を確実に失ってしまう。

（ああ、ど、どうしよう……）

目の前のグレーヘアの小悪魔ギャル妻は、もろにタイプだ。

（困った……あっ！）

戸惑っていると、莉奈は大きな目をとろんとさせ、こちらを向いてM字開脚の卑猥なポーズをとってきた。

くらっとした。

超ミニのショートパンツの隙間から見えたのは、パンティではなくて赤い肉ビラだったのだ。

(マ、マンチラっ！　ノ、ノーパンだ！　梨奈さん、ノーパン、ノーブラじゃないかよ……)

思いきり目が吸い寄せられる。

「ウフフ。ねえ、どこ見てるのぉ」

ギャル妻が、ネイルを施した指で、大胆にショートパンツの股布を横にズラして見せつけてきた。

(ぬおおおっ)

隙間からピンク色の花びらが、ばっちり見えた。

もう理性が軽く吹き飛んで、陽一はそのまま莉奈を床に押し倒し、M字に両脚を押さえつつ、股ぐらに顔を近づける。

ムッとするような生臭い発情した匂いに誘われて、陽一はしたこともないクンニをしようと舌を差し伸ばし、ショートパンツの隙間から見える生々しい淫唇に、伸ばした舌を這わせていく。

「あんッ」

莉奈が、ぶるっ、と腰を震わせて甲高い声を放つ。

(すごい反応……)

やはり舐められるというのは、気持ちいいのだろうか。反応してくれたのがうれしくて、もっと舐めた。

(くううっ、クラクラするような、ツンとした味だ)

ショートパンツの股布を指でズラしながら、陽一は湿った膣口を舐めつつ、指を差し入れる。

ぐっしょり濡れた女の口に、中指がぬるりと入っていく。

「はあっ……よ、陽くんっ……指と舌で同時に攻めるなんてっ、ああんっ」

ギャル妻は早くもハアハアと息を荒げ、眉をひそめた色っぽい表情を見せてくる。

アッシュグレーのウイッグに、切れ長の目。

二十代のギャルにも見えるような愛らしさもありつつ、三十二歳の年相応の人妻の色香もムンムンと漂わせて、それでいて、この細グラマーの身体……最高だ。

(た、たまらないっ……莉奈さん……)

もっと舐めたくなった。

陽一は莉奈のショートパンツを脱がせて、下半身丸出しで再びM字開脚させる。勢いがついて、そのまま梨奈の身体を折り曲げるところまで、足を大きく上げさせてしまう。

(やばっ、これ……まんぐり返しだ)

人妻の花園が無防備に丸見えだった。

しかも、である。

まんぐり返しだから、おまんこ越しに莉奈の表情も楽しめる。

「いやんっ……陽くんのエッチ……恥ずかしいよぉ、こんな格好」

さすがの莉奈も首を横に何度も振りたくり、耳まで真っ赤にする。

しかし、イヤイヤをする顔の前には、ヨダレを垂らす秘部が剝き出しで、隠しようもないほど、大きく股を広げて押さえつけているのだ。

「恥ずかしいですよね、こんなに濡れてるんだもの」

陽一は誘われるままに、ねろり、ねろり、とワレ目を舌でなぞりつつ、唇を押しつけて、じゅるるるる、と音を立てて愛液をすすり飲んだ。

「あううんっ……んふぅん……ああん……あっ……あっ……」

莉奈は恥じらいも忘れ、すぐに艶やかな喘ぎ声を漏らし始める。

「美味しいです。莉奈さんのおまんこ……」

濃厚な酸味だった。

舐めれば舐めるほどに、新鮮な蜜があふれてくる。

もっと舐めたいと、舌先を窄めて小さな穴に舌先をこじ入れて、膣の奥までを舐めてやる。

「あんっ！　そんな奥まで、陽くんの舌……莉奈の中に入ってくるぅ……ああ、だめっ……だめぇぇ」

だめと言いつつも、莉奈の腰は舌に翻弄されるようにくねっている。

（すごい。もう欲しがっている……もっと奥を刺激したいっ）

いったん舌を抜いて、その膣に鈎《かぎ》状に曲げた指をぬるりと差し込んで、奥をこすりあげる。

すると、

「はあんっ！　お、奥らめぇっ……おかしくなっちゃう……あっ……あっ……」

いよいよギャル妻が舌をもつれさせながら、ビクッ、ビクッと痙攣を始めた。

（えっ……舌だけでイクんじゃないかな……いや、イカせてみたい）

愛撫だけで女の人をオルガスムスに導くのは、男冥利《みょうり》に尽きるっていうか、男のロマンみたいなものがある。

（よ、よーしっ）

息を荒げつつ指を出し入れすれば、ねちゃ、ねちゃ、と音が立つ。

同時に、舌で分泌液のあふれたワレ目を舌でなぞりあげる。

発情したメスの芳香に加えて、生魚のような匂いが強くなる。たまらなくなり、さらに舐める。

亀裂の上部に小さなクリが見えた。それも舐めると、

「ああん……やだっ……だめぇ、それだめぇ！」

と、いきなり莉奈は大きな嬌声をあげ、今までになくググッと背をのけぞらせて身悶えを始めた。

（クリトリスって、やっぱ感じるんだな……）

だめと言いつつも、肩越しに見せてきた表情は、

（イカせて……お願い……）

まるでそんな風に語りかけてきている。

あの小悪魔でイタズラっぽく男を惑わす莉奈が、男にすがっている。

腰もいやらしく動いてきていた。

陽一はさらに興奮し、指を出し入れしながら、舌先でクリトリスをしつこく弾いてやる。

すると、

「み、見ないでっ……やだっ……イクッ……ああん、イッちゃうぅ……やああんっ」

莉奈の腰がガクガクとうねる。

アクメに達したのは丸わかりだ。陽一は誇らしい気分になる。

3

ふたりで隣家の寝室に移動して服を脱いだ。

莉奈のウイッグはつけたままだ。愛らしいグレーヘアのギャル妻と、隣家の夫婦の寝室でつながるのだ。

(不倫相手の自宅の寝室って興奮する……)

背徳感に、ますます肉竿のみなぎりが増す。

「ああんっ……すごい……陽くんっ……」

まだ絶頂の陶酔を引きずる莉奈が、意識をもうろうとさせながら、陽一の勃起をぼうっとした目で見入っている。

そんな中で、莉奈はきょろきょろしてから、チューブからクリームを出して、たっぷり手に取ってから、あふん……んふっ……と、色っぽい呼吸をしながら肘と膝を使って近づいてくる。

「ウフッ……」

淫らがましく笑みを見せたギャル妻は、陽一のペニスを手でつかむ。

ぬるっとしたクリームの感触があった。

「あっ……えっ……莉奈さんっ……僕のチンポに何を……」

陽一は戸惑った。

莉奈の手つきは、悩ましく肉竿を包み込むように捏《こ》ねて、根元から切っ先までをクリームまみれにしてしまう。

莉奈は陽一の質問に答えず、ベッドの上で四つん這いになって、こちらにヒップを突き出してきた。

(うわっ……お尻っ……すごい……それにこのポーズ……)

柘榴《ざくろ》のような亀裂から、ヨダレのように愛液が滴《したた》り、さらにはくびれた腰から、丸みを帯びた尻、そして尻割れの奥にある排泄の穴まで見えていた。

張りのあるおっぱいは下垂して、悩ましく揺れている。

ギャル妻の挑発的なポーズに、陽一は鼻息を弾ませて凝視することしかできない。

（エ、エロすぎっ……莉奈さん、バックからして欲しいの？　でも、もうたくさん濡れているのに、なんでクリームなんか……）

不思議に思っていると、莉奈が四つん這いのまま両脚をさらに広げ、こちらに見せつけるように背中から手を回して、小さくシワの寄った、おちょぼ口に指を入れ、残ったクリームを塗り込めていく。

（莉奈さんが自分のお尻に指を入れてクリームを塗って……ま、まさかっ……莉奈さん、お尻エッチする気？）

アナルセックス。

そういう行為があるのは知っているが、自分がするなんて考えたこともなかった。

莉奈は肩越しに振り向いて、恥ずかしそうにため息をつく。

「ごめんね、今日は危ないかもしれないから……でも、陽くんのオチンチンは生で欲しいし……こっちなら……いっぱい出していいよ」

「い、いいんですか？」

目をぎらつかせて言うと、莉奈は伏し目がちに言った。

「ホント言うと、怖いよ。だって……お尻でなんてしたことないんだもん。でも、陽くんには莉奈の全部を捧げたいの」

莉奈が肛門からクリームにまみれた指を抜き、さらに姿勢を低くして「どうぞ」といわんばかりにヒップを掲げてきた。

薄ピンクの莉奈の尻穴は、ヒクヒクして愛らしい。

ここから排泄物が出るなんて思えないほどの魅惑の器官だ。

(ああ、まさかアナルファックまで経験できるなんて……)

感動に震えていると、莉奈が自虐的に言う。

「ああん……いやだよね、こんなところにオチンチン入れるの……」

陽一は慌てた。

「ち、違いますよ。莉奈さんのお尻の初めてをもらえるなんて、うれしくて。旦那さんも使ったことないんですよね」

「もちろんよ……おまんこより恥ずかしいんだから、絶対に使わせない……でも、陽くんなら……陽くんがいいならどうぞ。莉奈のお尻の穴にオチンチン入れて楽しんで」

莉奈は小さく息を吐くと、ヒップを色っぽく振った。

優美なヒップは、まるで男に犯されるのを待っているような色っぽさでこちらに迫ってくる。

普通は挿入しない場所での交わり……禁忌への興奮が募る。

「いきます……いきますからね……莉奈さん……」

肛門に切っ先を押しつける。

撥《は》ね除《の》ける力は、膣穴の比ではなかった。

だが時間をかけて、じわじわ押し込むと、クリームまみれの肉竿の先が、じわりじわりとギャル妻の肛門に入っていく。

「あっ、うんっ……んん」

亀頭が、ぐにゅぅっと排泄穴に潜った瞬間、莉奈は重苦しい息を吐いて、支えていた肘を曲げて突っ伏した。

ウイッグとその下の黒髪が前に流れ、白いうなじが露わになる。

莉奈の細い背中に脂汗がにじみ、顔を伏せたまま小刻みに震えている。

「い、痛い？　莉奈さんっ……」

ハアハアと息を弾ませながら、莉奈は汗ばんだ美貌を振り向かせる。

「ううん……へーき。ちょっと驚いちゃっただけ。いいよ、もっと奥まで……」

気をつかっているんだとわかる。

だが禁断の排泄姦を初体験し、理性が欠けた陽一には、やめる選択肢が思い浮かばなかった。

「ゆっくり入れるね」

莉奈のほっそりした腰を持って、息をつめてじわじわめり込ませていくと、

「うっ……ううんっ」

ギャル妻はハアハアと息を吐いて、身体を弛緩させる。

（ああっ、莉奈さんのお尻に入れてるッ……お尻の感触ってすごいっ）

窄まりの強さは、おまんこと段違いだった。

それでもクリームをたっぷり塗って、摩擦を緩めたことで、なんとか勃起をお尻の小さな穴の奥に入れていくことができている。

（くううう……お尻の穴の感触……たまんない……気持ちいいッ）

腸襞が締めつけてくる。

その圧迫を楽しみつつ、じわりじわりと埋めていく。

「ああ、入った」

陰毛が桃尻に触れるほど、根元まで嵌まり込む。

普段は排泄しかしない穴にペニスを埋められて、驚いたように肛門括約筋《かつやくきん》が自然と収縮し、しかも腸や腸粘膜から分泌液がしたたり、さらにスムーズに奥まで嵌まり込んでいく。

「あううっ……莉奈さんっ……締めつけがたまらないっ」

挿入しただけだと言うのに、尿道が熱く痺れている。

たまらなくなり、わずかに抽送《ちゆうそう》すると、

「あうっ……くっ……くぅううんっ……」

莉奈がシーツをギュッとつかみ、突っ伏したままガクガク震える。

背中に玉のような汗が浮かび、褐色の肌が羞恥とアヌス挿入で上気している。

「り、莉奈さんっ……大丈夫？」

「うん……少しずつ、陽くんのが感じられるようになってきたわ。ゆっくりなら、大丈夫だから」

グレーヘアのギャル妻は、肩越しに汗にまみれた美貌を見せる。

(確かに、引っかかりがなくなった)

おそらく緊張で腸管が収縮していたのだろう。

だが今は、引き攣《つ》るようだった腸粘膜は緩みが生じて、莉奈のお尻が異物の挿入に馴染んできたのがわかった。

「ああ……ううんっ……」

加えてだ。

莉奈の声にも甘ったるいものが混じり始める。

陽一はお尻を犯しながら、そっと右手を梨奈の股の間にくぐらせると、美肉はしっとり濡れて、肉襞がひくひくうごめいていた。

(莉奈さんのアソコ……アナルファックで熱くなってる)

お尻のよさがわかってきているのだ。

「ああんっ……」

莉奈はとろけるような声を漏らし、いよいよ腰を淫らに動かしてきた。

「ああ、莉奈さん。お尻がいいんだね。感じるんだね」

突き入れながら、ピンピンに尖った乳首も指でいじると、

「あんっ……！　だ、だって……すごく苦しかったのよ。お尻ってこんなにつらいんだって……でも、陽くんが悦んでくれるなら、ガマンしようって……でも……」

喋っている最中にも、陽一が出し入れを強めると、

「あああんっ……でも、なんかすごいっ……すごいの……アソコと全然違って、お尻

ってすごく感じちゃう……ああ、おかしくなっちゃう！」

予想もしてなかった快楽なのだろう。

莉奈は自分が排泄穴で感じていることに戸惑いつつも、喘ぎ声を大きくしていく。

「よかった……僕も……最高ですっ……莉奈さんのお尻っ……ああ、ここはもう僕のものだよね」

パンパンッとお尻にぶつけるように腰を入れれば、

「あああんッ……そうよっ、莉奈のお尻は陽くん専用なのっ……」

莉奈が横を向いた。

つらそうにギュッと目を閉じて、眉間にシワを寄せた苦悶の表情で、ハアッ、ハアッと喘いでいる。

ウイッグのグレーヘアが乱れ、肌に汗粒が目立ち、全身が桜色に染まってきて、人妻の情感をムンムンと漂わせ始めている。

（くうう……お尻でこんなに感じて……いいよ、もっと感じさせたいっ）

陽一は打ち込みの衝撃で莉奈の揺れるおっぱいをつかんで、薄ピンクの乳首を指先でつまみあげる。すると、

「あああんっ！　そ、それッ……アアッ……だ、だめっ……」

と、莉奈はいっそう甲高い声をあげ、肩越しに潤んだ目で見つめてくる。

目元が薄紅色に染まった双眸が、ゾクゾクするほど色っぽい。

「くううっ、り、莉奈さんっ……たまりませんっ……お尻の締めつけすごい……」

初めてのアナルファックは気持ち良すぎた。

たまらず、ふくれあがった肉茎で、魅惑の排泄器官に向けて打ち込んだ。

肛門への突き込みのたびに、おまんこからは、しとどに蜜があふれて、もう莉奈の下腹部はお漏らししたようにぐっしょりだ。

「いやああんっ……だめっ、莉奈、お尻でイクッ……お尻でもイッちゃぅぅ！」

肛姦による括約筋の締めつけは、今まで以上に強くなり、射精への渇望が一気に高まっていく。

「ああ……で、出そうですっ……莉奈さんっ」

「ああんっ。いいわ……莉奈のお尻に射精して……お尻にちょうだいっ！」

高らかに悲鳴をあげて莉奈がヒップをくねらせる。

「ああ、出るよ、莉奈さんっ」

尿道の痺れが全身を貫いたときだ。

とろける意識の中、腸管の奥に熱い白濁を、思う存分吐き出した。

「だめえっ……またイクっ……」

今までのアクメ以上に、莉奈は大きくのけぞって、ガクン、ガクンと腰を痙攣させた。

「あん……お尻……熱くて……いっぱい……うれし……」

莉奈のうわずったアクメ声を聞きながら、陽一は莉奈のお尻の奥に、劣情のたぎりを流し込み続けるのだった。

4

「莉奈さん」

「ん？」

アナルセックスでぐったりした梨奈の身体を抱きながら、陽一は恥ずかしそうに伝える。

「こ、今度……あの……お尻以外にも、アブノーマルなこともしてみたい」

「どういうの？」

「その……縛ったりとか……手錠で両手を拘束するとか……」

思いきって陽一が言うと、莉奈はちょっと驚いた顔をするも、すぐにウフッと妖しげな笑みを見せた。

「陽くんのへんたーい。クスッ。いいわよ。莉奈を縛って無理矢理犯してみたいのね」

「う、うん」

「そういえば、ちょっとSっぽいところあるわね、陽くんって」

「そ、そうかな。わかる？」

そのときだった。

ベッドサイドにあった、スマホが震えた。

（ん？　誰だろ）

手を伸ばして表示窓を見ると、麻衣子からだった。

（マ、ママ！　まずいっ）

切ろうかと考えたときだ。

「もしかして、麻衣子さんから？」

勘の鋭い莉奈が言う。

「あっ……いや……」

「出ていいわよ。莉奈、黙ってるから」

莉奈が目を細めた。

でも、顔が笑っていない。

「い、いや、いいです」

「だーめ。電話に出てよ、陽くん。それと会話をスピーカーにして」

「ええ？　そんな……」

「麻衣子さんに、お尻でもヤッたこと言っちゃおうかなっ」

莉奈が楽しそうに笑う。

断ったら、本気で義母に今日のことを告げるだろう。

仕方なくベッドの上で裸のまま、通話をスピーカーにしてから電話に出る。

「も、もしもし……」

『陽くん？　今、お部屋？　遅くなるから、心配しないように電話したの』

「ああ……遅くなるんだ……くううっ！」

『どうしたの？　陽くん』

いきなり電話の相手の陽一が呻き声をあげたのだから、麻衣子が慌てるのも当然だった。

（な、何してるの？　莉奈さんっ）

陽一は莉奈を睨みつけた。

莉奈が、電話している最中の、陽一のペニスをしゃぶってきたのだ。

（今、莉奈さんのお尻の中に入れていたモノなのに……）

それもそうだが、まさか麻衣子との通話中に、いきなりフェラチオしてくるとは思わなかった。

（くうう……や、やめて……莉奈さんっ。声が出るから……）

スマホを持つ手が震える。

『どうしたの？　へんな声出して』

電話の向こうの麻衣子が、不審そうに言う。

「い、いや……ちょっと転びそうになって……遅くなるんだね。わかったよ」

早く電話を切ってしまいたい。

そう思いながら通話していたからか、麻衣子が訝《いぶか》しんだように訊いてきた。

『陽くん、ホントにお部屋にいるの？』

「えっ、普通にいるけど……くっ」

また妖しい声が漏れそうになって、陽一は咄嗟に両手で自分の口を塞いだ。

莉奈が、敏感な鈴口を舌でねろねろと舐めてきている。

（くううっ……り、莉奈さん……やめて、声が出るっ）

陽一は口を押さえつつ、莉奈に向かって首を横に振るものの、彼女はウフフと楽しそうにしながらも、また深く咥え込んできた。

「んふ……んんっ……ンンッ……」

咥えるだけでなく、莉奈は苦しげな鼻息を漏らしながらも、じゅるるる……とヨダレをあふれさせた唾で表皮を滑らせてくる。

電話の向こうの麻衣子が、ふいにささやくような声を使い始めた。

『ねえ、陽くん……今日は遅くなるけど……明日の夜はお父さま、いないの。ずっとふたりきりでいられるわね』

いきなり媚びるような甘い声で言う。

珍しいことだった。おそらくどこかで陽一を不審に思って、わざと甘ったるい声を出したのだろう。

それを訊いた莉奈はおしゃぶりを止め、勃起を口から離して睨んできた。

何か言いたそうだ。

陽一は慌ててスマホの送話口を指で塞いだ。

「ふーん。陽くん、麻衣子さんと、ずいぶん進展してるみたいね。でもだーめ。麻衣子さんとなんて、絶対だめッ。莉奈しか見ちゃだめ。そうだ……ねえ。莉奈を妊娠させたいんでしょ、陽くん……いいよ、陽くんの赤ちゃん、孕ませても」

「えええ？」

チンポがびくついた。

莉奈は再び、分身を咥え込んでいく。

(そ、そんなわけない……いくらなんでも妊娠なんて……冗談に決まってる)

しかし、過激な言葉に動揺しているのは確かだ。

スマホの送話口を押さえていた指を離す。

麻衣子の声が聞こえてくる。

『ねえ、陽くん、大丈夫？』

「だ、大丈夫だよ……な、何でもない」

『それと夕飯だけど……冷凍したご飯をレンチンして……』

もう電話を切りたくてたまらない。

莉奈の情熱的なおしゃぶりに、孕ませＯＫの言葉……。

早く義母との電話を切って、おもいきり莉奈の口に出したくなってきた。

だが……。

「レンチンね。わかったよ……くううっ」

陽一は腰を浮かせた。

莉奈の舌づかいは強烈だ。

下を見れば、莉奈はイタズラっぽい笑みを見せて、ペニスをアイスキャンディーのように舐めまくり、根元を指でシコシコとシゴき立ててくる。

（くうう……ママと電話してる最中に、イカせる気だ……）

義母のことは愛している。

愛する人と電話している最中に、他の女に射精するのは最低の行為だ。

（ママ、早く切って……）

こちらから電話を一方的に切れば、ますます不審に思うだろう。とにかく会話を終わらせるしかない。

陽一の気持ちとは裏腹に、莉奈の口の中で勃起がふくらんでいく。

（莉奈さんっ……やめて……ママの前で……イカせないでっ……）

必死に顔を横に振るも、莉奈はさらに深く咥えてくる。

スピーカーから聞こえてくる麻衣子の様子が、いっそう刺々《とげとげ》しくなってきた。

『陽くん？　ねえ、陽くん。聞こえてるの？』

もう返事もできない。

一刻もガマンできなかった。

（くうう、だめだ。出るっ……ママ、ごめんっ）

どうにもできなかった。

陽一は震えながら、切っ先から盛大に放出した。

『ねえ、陽くん？　陽くんッてば！　……莉奈さんがいるんじゃないの？』

スピーカーから、ついに麻衣子の核心を突いた言葉が出てきたのを聞きながら、陽一は隣家の人妻の口の中に放出した。

（ああ……ママとの会話中に、隣の人妻のフェラで射精しちゃうなんて）

背徳感がこの上ない。

陽一は麻衣子の心の中で謝りながらも、大量の精液を莉奈の口に注いだことに、異様な興奮を覚えるのだった。

第六章　どっちも気持ちいい

1

次の日。

朝起きてからしばらく悶々とした後、いつまでもこんなことしてられないよなと決心して、陽一は一階に降りていく。

（ああ……ママ……怒ってる……よな……呆れてるかな）

昨日、隣家の寝室で莉奈とイチャラブセックスをした後、麻衣子から電話がかかってきたのだが……その通話中にいきなり莉奈がフェラをしてきて、妖しい声や雰囲気が伝わってしまったのだ

ごまかしたものの、ごまかしきれなかっただろう。

麻衣子は同窓会の最中に電話をかけてきたので、あまり長い話はできずにその場では追及されなかったが、いかがわしい雰囲気は充分に伝わったと思う。

昨晩、麻衣子は遅くなって帰ってきたので、陽一と顔を合わすことがなかった。

しかし、これから先、ずっと顔を合わせないなんて無理だ。

とにかく昨日、莉奈とイチャイチャしていたことだけは、絶対にバレるわけにはいかない。

(なんとかごまかすしかない)

足取り重くダイニングに行くと、親父がいつものように難しい顔をして、新聞を見ながらトーストをかじっていた。

「おう。なんだその腫《は》れた目は。珍しいな、眠れなかったのか?」

「う、うん」

適当に返事をしながら、席に着く。

「おはよう、陽くん。トーストでいいかしら」

麻衣子がキッチンから出てきて、ビクッとした。

「う、うん……ありがと」

「ウフフ。どういたしまして。なあに、改まって。へんな陽くん」

いつもどおりに明るくて、いつもどおりに愛らしい義母だった。

(あれ？　怒ってないの？　親父の前では普通にしていてくれるのかな)

どう考えても、昨日のあの電話は……麻衣子との関係に亀裂を入れるのに十分な、裏切り行為だったと思う。

「はい、どうぞ」

麻衣子がトーストとハムエッグの乗ったプレートを出してくれた。

エプロンの胸が大きく揺れている。

黒目がちな可愛い目が、笑うと細くなって、その笑顔にキュンとしてしまう。

親父が席を外していなくなっても、いつものようにキュートな麻衣子だ。

陽一は不思議に思いつつ、ハムエッグをもぐもぐと食べていると、

「ねえ、陽くん。もうすぐ誕生日よね」

「う、うん、うぐ」

いきなり言われて、喉につまった。

オレンジジュースで流し込む。麻衣子が笑う。

「誕生日にプレゼントしたいものがあるの。一緒に買いに行かない？」

「えっ……き、今日？」

「そうよ」

麻衣子はウフフと柔らかく笑い、戻ってきた親父は「いいじゃないか」と一歩下がってこちらを見ていた。

（ど、どういうこと？）

陽一は警戒するものの、もちろん断ることはしなかった。


夕方。

大学の授業を終えて戻ってくると、ばっちりメイクをした麻衣子が現れて、改めてドキッとした。

（か、可愛いっ！）

少しラメの入ったパールの赤い口紅が、いつもより大人っぽさを感じさせる。

目元にアイラインを引いて、頬にチークを入れて、いつもよりくっきりした目がクリクリして大人っぽいのに愛くるしい。

（……奇跡だよ、これほど可憐な三十八歳の人妻……）

しかも、オフショルダーの肩出しシャツに、チェックミニスカートという珍しくセクシーな格好だ。

胸のふくらみや、パンティストッキングに包まれたムッチリした太ももに、陽一は目を奪われてしまう。

昨日の同窓会に行く格好もおしゃれだったけど、それに負けず劣らず、男が必ず振り向くだろう華やかさをまとっている。

「ウフッ。陽くんとデートなんだもん。おめかししないと」

麻衣子はそう言って、銀色のイヤリングを身につける。

「ど、どこに行くの？」

麻衣子の運転するクルマに乗り込んで訊くと、彼女はラジオのボリュームをあげた。

流行《はや》りのＪ－ＰＯＰが聞こえてくる。

「どこにいくかは、お楽しみよ。行きましょ」

そう言ってクルマをスタートさせた。

（もしかして……昨日のこと、うまくごまかせたのかな？）

ちらちらと麻衣子をうかがう。

シートベルトが胸のふくらみをさらに強調して、ズリあがったスカートから太もものきわどい部分まで見えていた。

（怒ってないなら、誕生日プレゼントは……ママが欲しいな……）

などと考える余裕まで出てきた。

麻衣子の運転するクルマは新宿に向かっている。

百貨店かなと思っていたら、歌舞伎町方面に向いたので陽一は眉をひそめた。

「ママ、どこに行くの？」

「いいから」

歌舞伎町の奥まで行き、ホテル街を走る。

するとウインカーを出して、いきなりラブホテルの駐車場に入っていったので、陽一は心臓が止まりそうなほど驚いた。

「マ、ママ？　えっ……ここ……」

「私もこういうホテルって初めてなの。ふーん、中もわりとキレイなのね」

駐車場を出て受付に向かう。

「い、いいの？　ママ……」

パネルで部屋を選んでいる最中に訊くと、麻衣子は無言でギュッと右腕に抱きついてきた。

「おばさんが、若い子を連れ込んでるみたいに見えないかしら」

「ママ、冗談でしょう？　みんな僕のこと羨ましがるよ」

言いながら、指定した部屋の階までエレベーターで上がる。

ドアを開けると、いきなり中央に大きなベッドがあって、さらに奥には大人のオモチャが売っている自販機みたいなものもあった。

（こ、こ、これがラブホテルか……まさかママとラブホテルに来るなんて……）

心臓が高鳴り、息苦しさが増す。

陽一はベッドに腰掛けると麻衣子も隣に座った。

「ねえ、陽くん」

「う、うん……」

麻衣子が近づいてきて、栗色のウエーブヘアを手でかきあげる。

「ねえ……このイヤリング、気がつかない？」

「へ？」

まじまじと麻衣子の耳を凝視する。

銀色のイヤリングは、麻衣子のアクセサリーにしては派手な感じだった。

「ごめん、ママ……なんだっけ」

陽一がプレゼントしたものではない。

もしかして親父のプレゼントかと思ったが、それを見せつけてくる理由なんかないだろう。

わからずに考えていると、麻衣子が泣き笑いの顔をした。

「……莉奈さんのでしょ、これ」

「えっ……！」

ハッとした。

そうだ。

昨日、莉奈がつけていたイヤリングだ。

（えっ、どうしてそれを、ママがつけているの？）

わからない。ふたりの関係からして、もらったとかそういうことではないだろう。

わからないが、間違いなくまずいことはわかる。

大ピンチだ。

呆然としていると、麻衣子にベッドに押し倒された。

麻衣子は馬乗りになって、見下ろしてくる。

「……ウチの洗面所に置いてあったの。前に見たことあるから、すぐに莉奈さんのものだってわかったわ。女ってね、イヤリングとか身につけているものって、普通は人の家には忘れないのよ、気をつけているから。だから、莉奈さんはわざと置いていったの。ママへの宣戦布告だわ」

麻衣子の目が、憎悪に燃えていた。

これほどまでに怖い麻衣子を見るのが初めてで、陽一はゾクッとした。

麻衣子は続ける。

「……昨日、電話したとき……陽くん、女の人といたんでしょ？　相手は莉奈さんだと思ったけど確信がなかった……だけど……家に帰ってこれがあってはっきりしたわ。昨日、莉奈さんをウチに入れたのね」

完全にバレていた。

陽一はカアッと身体を熱くする。

(莉奈さん、いつの間に洗面所に置いたんだろ。というか、女同士って怖いっ)

腋窩《えきか》にいやな汗がしたたる。麻衣子が睨んできた。

「入れたんでしょ？」

ギュッと頰をつねられた。

「は、はひ……」

もう言い逃れできない。おしまいかと覚悟したときだ。

ぽつっ……と、陽一の頰に雫《しずく》が垂れた。

麻衣子が、ぐすっ、ぐすっ、と、ぐずり出した。

「やだ……いっちゃ、やだ……」

「え？」

訊き返すと、麻衣子は本格的に泣き出した。

えっ、えっ、と嗚咽する姿も子どもみたいだ。

しゃくりあげながら、化粧のとれかかった目で見つめてくる。

「陽くんのこと好きなの……ッ。信じられないくらい大好きなの……陽くんを取られたくないっ……ホントはね、ずっとずっと……息子なんて気持ちはなくて、あなたのことをずっと男として見ちゃってたのっ……」

ぐすっ、ぐすっ……と鼻をすすり、大粒の涙がぽろぽろと零《こぼ》れてくる。

馬乗りになっているから、陽一の顔は麻衣子の涙まみれだ。

「ママ……ンッ……！」

いきなり紅唇で口を塞がれた。

今までにない激しさだ。

（あの優しくて、ほんわかしたママが、こんなに激しく求めてくるなんてっ）

舌をからめとられて、息苦しいほど強く吸われた。

キスをほどいたときは、ふたりともハアハアと肩で息をしていた。

「抱いて……陽くん、お願い……陽くんを離したくないの」

大きな目が涙ぐんでいる。

だがそれは悲しみの涙だけでなく、欲情を孕んだ目つきだった。

とろんとした目の下が赤く染まって、昂ぶってきているのが、陽一の目にもはっきりわかった。

「ああ……ママッ……好きだよ、ママ……ごめんね……」

押し倒して、肩の出ているシャツをまくりあげると、レースで装飾された黒いブラジャーに包まれた乳房が現れた。

「ああ、ママ……セクシーな下着。こういうのも持ってたんだね。ムチムチのボディによく似合うよ」

乳房の上半分が露出して、乳輪もちらりと見えているくらいの、過激なハーフカップのブラジャーだった。

童顔の麻衣子とセクシーランジェリーのギャップがたまらない。

麻衣子は少し落ち着いたのか、泣き腫らした目で笑う。

「だって……陽くんが好きかなと思って、ちょっと前に買ったのよ。私のブラのサイズって、あんまりいいデザインがなくて……海外のサイトで探して……」

「ママって、何カップなの？」

ブラカップをめくり下げて、蘇芳《すおう》色の乳首を吸いながら訊いた。

「あんッ……前に私の下着を使ったときに、サイズを見たんじゃないの？」

もちろん麻衣子のバストサイズは把握済みだ。

「ママの口から聞きたいんだ」

ちゅぱっ、ちゅぱっ、と吸い立ててると、早くも麻衣子の腰が、ビクッ、ビクッ、と震え始めた。

「ああん……もう……じ、Gカップよ……やだっ……」

麻衣子が身悶えすると、白くて重いおっぱいが、悩ましい弾み方をして陽一の目を楽しませる。

「Gカップってすごいよね……これ、僕のおっぱいだよね」

たまらなくなり、さらに乳首をチューッと吸うと、乳首がピンピンになってもげそうなほどふくらんで早くも硬くシコってきた。

「ああんっ、い、いいわ……陽くんのおっぱいよ、好きにして」

麻衣子の唇が半開きになり、大きな双眸が、とろんととろけて艶っぽい色気を増して見入ってくる。

ミニスカートの足も開いてきていた。

黒いパンティとガーターベルトが見えて、陽一は初めて見るセクシーランジェリーに今までになく興奮してしまった。

2

「ガ、ガーターベルトッ……ママが……」

セクシーすぎる下着に、陽一は身体を熱くする。

「ウフッ……この方がパンティを脱がせやすいでしょう？」

麻衣子は恥ずかしそうに言いながらも、身体の力を抜く。

（莉奈さんは、僕のために純白の下着をつけてきた。ママはセクシーさをアピールするために黒い下着を……）

それを見て、ふたりともがお互いを意識しているのがわかった。

（ママは莉奈さんに憧れていて、莉奈さんはママに憧れている。ふたりともタイプが違うけど同じくらいキレイなのに……ライバル心がすごい……）

今は麻衣子に集中しようと気を取り直し、陽一は黒いパンティを脱がしにかかる。

黒いパンティを脱がすと、クロッチから麻衣子の亀裂に、透明ないやらしいオツユの糸がつながっていた。

「ああ、もうこんなに……ママ……糸を引くほど濡らして……」

「やんッ……言わないでっ」

恥じらう熟女を見てから、おまんこをじっくり眺めた。

亀裂から、甘ったるい女の匂いと濃い匂いが混ざって、エッチな香りがする。

女が発情してきた匂いだ。

鼻を近づけると、ヨーグルトの発酵したような濃密な香りがツンときた。

「あん、陽くんったら……そんなに近くで……」

麻衣子は恥ずかしがっていたが、恥部を手で隠すようなことはしなかった。

（ママをもっと恥ずかしがらせたい）

麻衣子は恥じらうと濡れて乱れるのだ。

陽一は思いきって言った。

「ねえママ……自分の指でアソコを開いてみて。僕に見せつけるように……」

「えええ？」

麻衣子がイヤイヤをするも、陽一は「だめ」と一喝する。

「だってっ……もうママは僕のものだから……僕の女になって欲しい。僕の言うとおりにして」

今まで以上に強引な告白だった。

だが麻衣子は驚いた顔を見せたものの、反発せずに顔を赤くしたまま頷いた。

体育座りしたまま脚を左右に開き、人差し指と中指を震わせながら、自らの恥部に持っていく。

「ああ……」

恥辱の呻きを漏らしつつ、麻衣子は顔を横に向けて逆Vの字をつくる。

おまんこを、くぱぁ……と左右にくつろげて、震えながら陽一に披露する。

「こ、これでいい？　ああん……こんなところを指で開いて、奥まで見せるなんて」

「いいよっ……ママの膣穴もピンクの襞も、濡れ具合も全部見えるよ」

その魅惑の光景と、いやらしい匂いに吸い寄せられるように顔を近づけて、下からワレ目をぬるっと舐めあげると、

「あっ……！」

麻衣子はビクンッと震えた。

強い酸味のある潤んだ陰唇をさらに舐めると、

「……ぁああ……あんっ、それっ……あ、あんっ……」

麻衣子が早くも背をのけぞらせて、大きく喘ぐ。

見あげれば、乳首を尖らせたおっぱいが揺れ弾み、清楚な美貌が羞恥と喜悦に歪みきっていた。

「色っぽいよ、ママ……」

もう遠慮はいらないと、義母のガーターベルトをつけたままの両脚をM字に押さえつけて、ぬぷぷと奥まで舌先をねじ込んでいく。

「あ、ああっ、ああっ……そんな、舌で……奥までなんてっ……！」

麻衣子が震えて、腰を悩ましく振り立てる。

(ママの味……莉奈さんよりも、しょっぱい……)

獣じみた匂いもそうだが、慎ましやかな義母のアソコは強い酸味と生臭さでツンとくる。

だがそれが、どうしようもなく甘露だった。

たまらなくなって、じゅるるる、と蜜を吸いあげると、

「あああ……エッチ、ああんっ、陽くんっ……そんな風にすすらないで……」

麻衣子の細顎があがり、V字をつくる指が震えている。その指の付け根に真珠のような粒があった。

（あ、クリトリスだ……莉奈さんより小さい……）

莉奈が激しく感じたのだから、きっと麻衣子も感じるだろう。

クリをめがけて、ねろりと舐めれば、

「くぅぅ！」

麻衣子が今までになく激しくのけぞり、尻を震わせた。

ここがやはり感じるのだ。今度はクリトリスを口に含み、チューと吸い立てる。

すると、

「あ、ああっ……陽くんっ……そ、そこ、弱いのっ……だめッ、ああんっ、だ、だめぇえ！」

これ以上されたら、どうにかなってしまう。

そんな義母の切羽つまった表情を見て、陽一はもうガマンできなくなった。

義母の服を脱がし、黒いガーターベルトとストッキングだけという、まるで娼婦のような恥ずかしい格好にさせて、こちらも全裸になって押し倒す。

（あっ……ゴム……）

ラブホテルならコンドームはあるだろう。

見れば、ベッドのサイドテーブルに袋に入ったゴムがあった。

手を伸ばしてそれをつかむ。

ところがだ。麻衣子がその手をつかんで、首を横に振った。

「陽くん……ゴムつけないでいいわ……そのまま、ママの中に入ってきて」

目の下を赤くしながら、小さな声で麻衣子が言う。

「えっ……だ、だって……」

「いいのよ。ウフッ……少し早いけど、誕生日のプレゼント。私、あなたのものになるって言ったのよ。好きな人と直接、ひとつになりたいの」

麻衣子が潤んだ瞳で見つめてくる。

(いいんだ……ママと……ついにナマでしちゃうんだ)

震えるくらい興奮した。

愛していても、義理でも、相手は自分の母親だ。

母とゴムなしのセックスをするという危険な行為。もし何かあったら、家庭の破滅につながってしまう。

だが、もうこの関係自体が異様なのだ。いまさらという気がする。

（ママが……僕を求めてくれてるんだ……いいんだ）

よし、と決意して、ナマチンポを麻衣子の柔襞に押しつける。

ガマン汁と発情のエキスがねっとり混ざり合い、くちゅ、という淫靡な音がした。

そのまま押し込むと、にゅるりと滑るように肉塊が潜り込んでいく。

「あ、アンッ」

麻衣子が甲高い声を漏らして、陽一の背に手をまわす。

ギュッとしながらさらに腰を入れる。

麻衣子の花弁を押し広げて、避妊具なしの太い剛直が女の中にめり込んだ。

「ああん、まだ入ってくる……いやあ……この前よりおっき……ああん、すごい感じちゃうっ」

ゴムつきのときとは、麻衣子の感じ方が雲泥の差だった。

（くうう、こっちも感じる……ぬるぬるしたママの襞の感触、最高だ）

この気持ち良さは、コンドームをつけていては味わえない。

莉奈の女壺もよかったが、麻衣子の膣の具合も負けず劣らずにいい。

（ああ、チンポがとろけそう……ママとのナマハメ……すごい……）

もう何度もセックスしたのに、ナマはやっぱり違う。じっくりと味わうなんて余裕もなくて、ひたすら腰を動かしてしまう。

「あんっ……そんなに動いたら……ああんっ、オチンチンの感触、気持ちいいっ」

麻衣子も相当興奮しているのだろう。

今まで口にしなかったような卑猥な単語を口にして、つらそうに「ううっ」と呻いて眉をひそめ、腕をつかんで見入ってきた。

「陽くんっ……ああん……お願い……キ、キスしてッ……ママ、こんな状態になったことなくて……ふわふわして……意識がとろけちゃいそうなの……」

甘ったるい声が耳をくすぐってくる。

色っぽい表情でおねだりをされて、無我夢中でGカップのおっぱいがつぶれるほど強く抱きしめて唇を重ねる。

「んふっ……んんぅ……んんうっ……」

ふたりで激しく唾液の音を立てて、いやらしく下品に舌や口を吸いまくると、チンポが麻衣子の中で、ますますビンビンになっていく。

(母子でナマハメしながらベロチュー。気持ち良すぎて頭がおかしくなりそう……)

もう止まらなかった。

ググッ、と前傾してピストンすれば、

「あんっ……すごいっ、陽くんっ……だめっ……ああんっ」

もうキスもできないほど感じたのか、麻衣子は陽一の腕の中でそりかえって、せつなそうな顔で見つめてきた。

「だめっ……気持ちいいっ……陽くんっ……私、もうだめッ……イッ、イッちゃう」

その言葉どおり、可愛らしい大きな目はとろんととろけていた。

汗ばんだ肌が艶々と輝いていく。甘酸っぱい女の芳香に、メスのエキスの匂いが混ざって、いやらしい匂いを発散している。

「ああん、陽くん……イクッ……」

麻衣子は栗髪を振りまきながらも、ギュッと抱きついてきた。

腰がガクガクと痙攣した。アクメした膣がギュッとゴムなしペニスを圧迫する。

(ま、まずいっ……)

麻衣子の膣圧が尋常ではなかった。

深いオルガスムスを味わっているのだろう。しがみついたまま、ペニスから精液を搾り出すように包み込んでくる。

「ママ……だめっ……そんなにしたら……出ちゃうから」

抜こうとしたときだ。

イキ顔のまま、麻衣子が首を横に振る。

「いいの……ママのおまんこに、たっぷり出して……ママは陽くんの女なんでしょう？　陽くんの精子……ママの身体の中に……注いで……心配しないで」

そう言われたら、もう本能のまま突き進むしかない。

抜くことはやめて、抱きしめながらさらに激しく腰を使う。

「くううっ……ママっ……」

口づけをし、揺れ弾む乳房を吸い立てる。

その間にも連打を繰り返し、麻衣子の膣を穿つ。

「あっ……ああっ……い、いいわ……ああんっ、だ、だめぇっ……またイクッ……続けてまたイッちゃう……ッ」

麻衣子が大きく背をそらした。

同時に膣圧がさらに強いものになる。

射精前の甘い痺れがやってくる。腰が痺れて全身が震えた。

「あっ……ママ……出ちゃうっ、ああ……」

すさまじい勢いで、ついに義母の中に欲望を吐き出した。

「陽くんっ……ああん……出てる……熱いのが……流し込まれて……ああん、息子に種付けされてっ……でも、あん……いい……いいの……待ち望んでいたことなのっ」

麻衣子がうわごとのように言いながら、再び抱擁に力を込める。

(気持ちいい……ママへの種付け……いけないことなのに……でもすごく幸せを感じる……うれしいっ……)

脳みそがとけてしまうほどの快楽に、陽一は麻衣子の中に注ぎきってからも、しばらく離れることができなかった。

3

まだ日中は暑いものの、朝晩は少しずつ秋めいてきた気がする。

(まさか、ママと深い関係になるなんてなあ……)

麻衣子との新生活のスタートは、とにかく不安でいっぱいだった。

今までずっと男やもめの生活をしていたのに、いきなり新しい母がやってきて、一緒に暮らしていけるのかどうか心配だった。

だが……今は……麻衣子は家族で恋人だ。

本当の母子以上に親しくなれたと思う。

そうかといって、親父から麻衣子を奪うつもりはない。

堅物の大学教授の父は尊敬する人である。

ただ……麻衣子から聞いたのだが、もう親父は高齢で、自分よりふたまわり近い後妻との身体の関係はなくなってしまい、それを親父は申し訳なく思っているらしい。

だからといって、自分が親父の代わり……なんて思っていない。

麻衣子ももちろんそうだ。

ズルいと思うし、親父には申し訳ないと思う。でも、どうしようもない。この気持ちには抗えない。突き進むしかない。

「本気なの……？　陽くん……」

義母は自分の高校時代のセーラー服を手にして、何度目かのため息をついた。

「もちろんだよ。だって、おばあちゃんが送ってくれたんでしょう？　使えってことでしょ？」

「そんなわけないでしょう。間違えたんですっ」

麻衣子の母親から送られてきた荷物の中に、麻衣子の古いアルバムと高校時代のセーラー服が入っていた。

アルバムの中にセーラー服を着た二十年前の麻衣子の写真があって、ときめいてしまった。

信じられないくらい、キュートだった。

セーラー服姿の十八歳の麻衣子は、当然ながらとびきり若くて、まさにキャピキャピしているという言葉がぴったりの弾けるような笑顔で写真に収まっていた。

メイクなんかしてないのに、目はパッチリして、軽くウエーブさせた黒髪がよく似合う美少女だった。

セーラー服の胸元は、写真でもわかるほどふくらんでいるのに、ミニスカから見える太ももや腰つきはほっそりしていた。

大人になりかけの青い果実の魅力がたっぷりつまっている。

しつこく訊くと、どうやら他校から男子が見に来るほど評判の可愛い子だったらしくて、ファンクラブもあったらしい。

女子高生の麻衣子を、どうしても見たくなった。

それで、しつこいほど懇願して、ようやく着てくれることになったのだ。

「家の中ならいいでしょ？　誰にも見せないから」

「当たり前でしょう？　もうっ。下着が見えそうな超ミニスカートを、私みたいなおばさんに穿かせるなんて……体形も崩れているのよ。絶対に恥ずかしいことになるのに……」

「でもまだ高校の制服が着られるんだから、すごいよ。ねえ、ママ。約束でしょ、テストの成績が良かったらお願いを訊くって」

「言ったけど……陽くんの買った、あの下着もつけなきゃだめ？」

「もちろんだよ」

きっぱり言うと、麻衣子は逡巡してから、根負けのため息をついた。

「もうっ……若いくせに、へんな趣味があるんだから……待ってて」

セーラー服を持った麻衣子が、そそくさとリビングを出る。

(やった、着てくれるんだ！)

わくわくしながら、ソファに座っていると、

「これで……いい？」

と背後から声がして、振り返るとセーラー服に身を包んだ義母が立っていた。

「わあ、マジで女子高生でいけるよ、ママ」

感動して言うと、麻衣子が顔を赤らめて首を横に振る。

「そんなわけないでしょう。もうっ……」

恥ずかしがりながらも、麻衣子はリビングの端にある姿見の前に立つ。

ミニスカの裾をぴらっとエッチに持ちあげてポーズする熟女が、可愛らしすぎる。

（や、やばっ……興奮するっ）

麻衣子は童顔だから、三十八歳でも間違いなくセーラー服が似合う。

ただし、それは顔立ちだけだ。

身体つきは若い頃より肉づきがよくなっているから、セーラー服がパツパツでかなりエロい。

Gカップバストは、セーラー服の胸元を押しあげて、あまりに大きすぎて、丈の短い裾がズリあがって臍が見えていた。

下から覗けば、おっぱいが見えそうなほどである。

さらには制服のミニスカートのお尻は大きいから、ちょっと屈んだだけでパンティが見えそうなほどのマイクロミニスカートになってしまっていた。

昭和の時代、エッチな本のモデルは若い子がいなかったので、熟女モデルにセーラー服を着させて、女子高生に見立てて卑猥なポーズを撮っていたと聞く。

まさに目の前の麻衣子がそれだ。

顔はキュートだけど、身体つきはムッチリ熟女。興奮してしまう。

「ママ、たまらないよ」

背後に近づき、手首をつかむとそのまま背中に持っていく。

「えっ……陽くんっ……まだ何か……あん、ちょっと……何？」

戸惑う麻衣子を無視して、手首に硬い輪を嵌《は》めて、さらにもう片方の手首にも嵌めていく。

「いやっ……こんな格好で……手錠なんて……このために買ったの？」

肩越しに麻衣子が恥ずかしそうな顔をする。

この手錠は、麻衣子と行ったラブホテルの自販機で買ったのだ。

おもちゃみたいに軽いけど、左右の輪をつなぐ鎖部分は、じゃらじゃらと金属の音がするから簡単には外せない。

これで麻衣子は高校時代のセーラー服を着せられたまま、両腕は背中にまわされた囚《とら》われ状態にされてしまう。

「だって……ママ、恥ずかしがって、すぐセーラー服を脱いじゃいそうなんだもの。ずっと着ていて欲しいなら、こうするしかないでしょ」

「こうするしかないって……ママをどうするつもりなの？」

「わかるでしょう？　セーラー服のママを拘束して、僕がじっくり好きなように弄《もてあそ》ぶんだよ」

「えっ……リビングで……？　待って……陽くん、せめて寝室で……きゃっ」

「無理だよ。もうガマンできないんだ。うほっ」

うつ伏せで押し倒すと、ミニスカートが大きくめくれて、三十八歳の人妻に似つかわしくない、縞《しま》模様のコットンパンツ……いわゆる子どもが穿《は》くような、幼い縞パンに包まれた大きなヒップが露わになる。

(うわっ……ママのおっきなお尻に縞パンってエロい……小さなパンツだから尻肉が半分くらいしか隠れないや……やっぱり買ってきてよかった)

熟女の熟れ尻と、縞パンのギャップがすさまじすぎた。

「ああんっ……いやっ……！　み、見ないでっ」

麻衣子がうつ伏せのまま身体をよじる。

セーラー服はまだいいが、縞パンだけは本気で恥ずかしいらしく、抵抗もけっこう本気だ。

だが、こういうときのために手錠を嵌めたのだ。

両手さえ動かせないように拘束すれば、グラマラスな肢体をただ揺らすだけで、本気の抵抗は不可能だ。

「エッチすぎるよ、ママっ……縞パン丸出しでさ」

「ああん、あなたが穿かせたんでしょう？　こんなパンツ、おばさんに穿かせるなんて恥ずかしいわ、お願い……せめて手錠だけ外して」

「だーめ。縞パン脱ぐ気なんでしょ？　穿いたまま犯すからね」

陽一はクスクス笑いながら、麻衣子の腰をつかんで、後ろにぐいと引いた。

「あっ……ッ！　いやっ」

麻衣子は床に突っ伏して、尻を大きく掲げる恥ずかしい格好にされる。

逃げたくても両手は背中にまわされて、手錠を嵌められている。

こめかみで支えるようにしながら、セーラー服の人妻は、羞恥の縞々コットンパンツ丸出しで嗚咽を漏らしている。

(たまんない。ママっていじめられると、いい顔するんだよな)

陽一はズボンとパンツを下ろして、麻衣子の背後から大きなヒップに猛々しいものを近づける。

縞パンのクロッチを指でずらすと、早くも熱くぬかるんでいた。

「ママって、恥ずかしいことされると、興奮するんだよね」

「そんなことないわ。あっ、アンッ」

縞パンを穿いたままの麻衣子を、陽一は一気に貫いた。

「ああんっ、か、硬いっ……いつもより……興奮してるのね、私を恥ずかしい格好にさせて……」

あれほど抵抗していた麻衣子は、激しいピストンをすると、すぐにも応えるように腰を動かしてきた。

「いやらしい腰づかいになったね、ママ」

「あんッ……だって昨日から……いったい何回、ママに中出ししたの？　深夜までたくさんして……また今日も……私の身体、陽くんに馴染んじゃったわ。ああんッ」

言いながら、さらに淫らに腰を押しつけてくる。

あれほど何度も注いだのに、麻衣子の肉襞はさらに子種を欲しがるように、うごめいている。

「た、たまらないよ。中に出すからね、ママ」

もう昨日から何度もしているので、中出しの許可も取らなくなっていた。

ただ「中に出す」と宣言すると、麻衣子の膣がうれしそうに食いしめてくるから、わざわざ口に出しているのだ。

「ああん、ちょうだい……いっぱいちょうだい、陽くん」

麻衣子の膣がキュッと搾られる。

汗まみれのセーラー服の半裸を震わせて、腰を振る麻衣子が愛おしかった。

「で、出るよっ……ああ……」

「ああん、陽くん……あんっ……熱いっ……ああん、イクッ……」

麻衣子の紅唇から漏れる色っぽい声を聞きながら、陽一はセーラー服を着た麻衣子の中に注ぎきるのだった。

4

(ああ、夢みたいだ……)

セーラー服姿で、手錠を嵌められた麻衣子を眺めつつ、陽一の興奮は冷めやらなかった。

憧れの義母は、ナマでの交わりを許してくれただけでなく、こうして陽一の欲望まで叶《かな》えてくれる。

最高の恋人であり、優しい母親だった。

(だけど、このセーラー服……莉奈さんにも似合いそうだなあ)

ふいに隣家の人妻のことを思い出してしまう。

陽一を翻弄する、イタズラ好きの小悪魔ギャル。

おっとりして清純な麻衣子とはまったくタイプが異なるが、切れ長の目が特徴的なクールビューティは、なんといっても陽一の初体験の相手なのだ。

（いや、でも僕にはママがいるじゃないか……他の女のことを考えるなんて）

大学でも麻衣子ほどの美人はいなかった。

他の女なんて、眼中にない。

けれど……。

莉奈だけは特別だ。

彼女との一泊旅行は、いまだ思い出してしまうくらい、楽しくてエッチな時間だった。

「まさか、そんなアブノーマルプレイで楽しむほど、仲がよくなってるなんてねぇ」

ふいに莉奈の声が聞こえた。

今の今まで莉奈のことを考えていたから、空耳だと思った。

だが、振り向くと……。

莉奈が腕組みしてイタズラっぽい笑みを見せていた。

「り、莉奈さんっ！」

陽一が声を出すのと同時に、

「えっ……莉奈さん？　ああっ……どうして莉奈さんが……い、いやっ……！」

横たわっていた麻衣子はハッとして起きあがる。

しかし罪人のように、後ろ手に手錠を嵌められているのだ。立ちあがることもできないし、めくれあがったミニスカートを直すことすらできない。

「麻衣子さんに、こんな趣味があったなんてねぇ」

莉奈が笑う。

「ち、違うのっ。こ、これは……」

麻衣子が泣きそうな顔で首を横に振る。

「違わないでしょう？　陽くんの趣味だとしても、それを受け入れて、しかもアクメまでしたんだから……受け入れたんでしょ？」

「ど、どうして、ここに莉奈さんが……」

陽一が切れ切れに言葉を発すると、莉奈は得意げに笑った。

「あのね、今さらだけど、お隣さんなのよ。ベランダの端から、ちらりとセーラー服姿の麻衣子さんが見えたのよねぇ」

莉奈が続ける。

「陽くんにお尻を捧げて、麻衣子さんとはセックスしないでって約束させたけど、正直無理だと思っていたの。だけど麻衣子さんにセーラー服着せて、目の前でこんなにイチャイチャされたら……ガマンならないのよねえ」

ウフフ、と笑った莉奈は麻衣子に近づく。

「ねえ、麻衣子さん。莉奈も陽くんのことが好きなの。ごめんね、麻衣子さん。人妻なのに、いけないこととは思うわ……でも、母子相姦よりは遙かにマシだと思わない？」

「そ、それは……」

麻衣子が唇を嚙みしめた。

どちらが罪深いか……それは陽一には推し量れないが、麻衣子は母子で結ばれる方が遙かに不道徳だと感じているらしい。

「ウフッ。それにしても、可愛いわね、麻衣子さんって……私よりも六つも年上の三十八歳なんて信じられない。こんなにセーラー服とか縞々パンツが似合う熟女がいるなんて……あんっ、本気で嫉妬しちゃう」

莉奈はニヤリ笑うと、両手の使えない義母を無理矢理に押し倒した。

「な、何……莉奈さんっ、何するの？」

「何って、お裾分けよ」

莉奈が不可解なことを口にしながら、麻衣子をうつ伏せにして、ヒップを掲げる格好にさせる。

「い、いやっ！　よしてっ、莉奈さんっ」

麻衣子が不自由な両手を揺らすと、じゃらじゃらと金属の音が鳴る。

「陽くん、麻衣子さんを……ママを押さえつけて。ウフフ。もっとエッチなママの姿を見せてあげるわよ」

呆然とふたりを見ていた陽一は、ハッとした。

（もっとエッチなママって……いったいどんなこと……）

気がつくと、ペニスをビンビンにさせながら、麻衣子の肩を押さえつけにかかっていた。

「やんっ、陽くんっ、離して……莉奈さんの前でなんて……ママをいじめないでっ」

しかし、その言葉とは裏腹に麻衣子の瞳がとろけていた。

麻衣子がM気質であることはわかっている。

「うれしいんでしょ、ママ……」

「そ、そんなこと……あっ！」

麻衣子が短い悲鳴をあげる。

莉奈が女豹《めひょう》のポーズをとっている麻衣子の、縞パンツをズリ下ろしたのだ。

「ああんっ！　り、莉奈さんっ、何するのっ……ああん、ゆ、許して」

麻衣子が許しを乞うも、莉奈は無視して麻衣子のおまんこを覗き込む。

「あん、陽くんって、鬼畜ねえ。母親の子宮に、こんなにたくさん注いだのね。ねえ、麻衣子さん。陽くんの精液ってすごく濃いでしょ。こんなの流し込まれて、大丈夫なの？」

「……い、いいんですっ……莉奈さんに、そんなところまで心配されるいわれはありませんから」

悲鳴をあげていた麻衣子が、腹をくくったような毅然《きぜん》とした態度に出る。

「確かにねー。でも、そうもいかないのよね。莉奈ね、陽くんのこと本気で好きだから。いっぱい種付けして欲しいし、他の人には注いで欲しくないのよ。今でも……」

いきなりだった。

莉奈が麻衣子の膣穴に指を入れたのだ。

「あッ……あンッ」

ぶるるっ、と麻衣子が震えたと思ったら、大量の白濁液が麻衣子の膣奥から流れ出してきた。

「ウフッ。身体の奥にあったものが、流れ出してきたわ」

そう言うと、莉奈は躊躇《ちゅうちょ》なく麻衣子の尻奥に顔を近づけて、ねろっ、ねろっ、と膣奥から流れる精液を拭い取り始めた。

「あああッ……莉奈さんっ、やめて……そんなところ、舐めないでっ」

麻衣子が今まで以上に激しく抵抗する。

だが、莉奈の赤い舌先が、麻衣子の膣穴を這いずると、

「あっ……だめっ……あっ……あっ……」

麻衣子がうわずった声を漏らして、ヒップを震わせ始めた。

「ママ、感じるんだね、莉奈さんの舌で」

「そ、そんなことないわっ……ああんッ……莉奈さん、よしてっ」

莉奈は麻衣子の抵抗をものともせずに、今度は女穴にぴたりと唇をつけ、愛液混じりの精液を、じゅるるると音を立てて吸い出した。

「や、やめてっ……すすらないでっ……ああんっ」

やめて言いつつ、ビクッ、ビクッと麻衣子が全身を震わせる。

「ウフッ。麻衣子さん、愛らしいわ。もっと感じるところ舐めてあげる」

そう言って、莉奈が麻衣子の奥まで舌を差し入れたときだ。

「アッ……んっ、んむっ……」

麻衣子の腰が、ガクッ、ガクッと揺れた。

(えっ、ママ……イッた？　莉奈さんの舌で……)

陽一の目の前で、麻衣子はぐったりする。

顔が真っ赤になっていた。

恥ずかしいだろうけど、両手が使えないから顔を隠すこともできない。

「あはは。莉奈の舌でイッちゃうなんて……ホントに可愛いわねえ。陽くんが夢中になるのもわかるわ。でも、莉奈も本気なの。ねえ、麻衣子さん……陽くんを譲って」

莉奈が真剣な目をして言う。

見つめ返して、麻衣子はきっぱり言う。

「できないわ、そんなこと。絶対に無理です。陽くんは私の恋人なの」

「恋人ねえ。そんな言葉だけじゃ甘いわね。莉奈だったら、陽くんの赤ちゃんも産んであげる覚悟よ」

「ええっ！　あ、あれ……本気だったの？」

過激な言葉に、陽一は狼狽えた。

売り言葉に買い言葉だろうと思っていた。

だが、麻衣子も黙ってはいない。

「陽くんと莉奈さんの旦那さんって、血液型とか違うわよね。その点、お父さまと陽くんの血液型は一緒だし……もちろんＤＮＡ的にも近いから。私だったら、陽くんに孕まされても、バレないわ」

麻衣子がとんでもないことを言った。

陽一は目を丸くする。

同時に莉奈が口を尖らせる。

「ＤＮＡとか血液とか、そんなのいくらでもごまかせるわ」

ふたりがいがみ合う。

陽一はおろおろしながらも、ぽつり言った。

「ねえ、ふたりと付き合うのはだめかな？」

ふいに出た台詞だった。

「えっ！」

「ええ！」

陽一の告白に、麻衣子と莉奈は顔を見合わせる。

とんでもない告白なのはわかっている。

だけど陽一は提案した。

「考えたんだ。でもふたりを、どうしても選べないんだ。というよりも、僕……ふたりとも好きだから……ごめんね、優柔不断で……それに、好きになっちゃいけなかったふたりを、好きになっちゃってごめん。最低だよね、僕……ふたりをこんな気持ちにさせて」

本心だった。

夫婦や家族生活を、壊してしまった自負はずっと持っていた。

せめていがみ合うのだけはやめて欲しい。

悪いのは自分だ。

そう思っていたら、莉奈が頭を撫でてくれた。

「落ち込まないでいいのよ、陽くん。莉奈たちも、すごい幸せだから。それは同じ気持ちよね、麻衣子さん」

莉奈が麻衣子と顔を合わせる。

麻衣子も、すっと相貌を崩した。

「ええ……最初は絶対にいけないことだと思ってたの。でも……一途な陽くんの目を見ていると、私も……どうにかしてあげたいって。今は後悔なんて全然ないの……だから……ねえ、莉奈さん」

「そうね……ウフフ。じゃあ、ふたりで陽くんのお嫁さんになりましょうか」

そう言って、莉奈は穿いていたショートパンツとパンティを下ろして、麻衣子の隣に座る。

「あとで莉奈にも手錠を嵌めてね。それと……莉奈、黒髪はやめてグレーヘアに染めるね。陽くんのために……ねえ、ふたりを好きなように犯して、陽くん」

「私も……いつでも陽くんの性欲を鎮《しず》めてあげるから……朝とか、夜も……」

ふたりが大きく股を開く。

可愛らしい三十八歳の人妻熟女。

小悪魔的な三十二歳のギャル妻。

ふたりの最高の伴侶《はんりょ》を手に入れて、蜜色の日々が続くことを思い、陽一は胸も股間も今までになく熱くするのだった。

（了）

※本作品はフィクションです。作品内に登場する団体、人物、地域等は実在のものとは関係ありません。

義母《ぎぼ》と隣《とな》り妻《づま》とぼくの蜜色《みついろ》の日々《ひび》
〈書き下ろし長編官能小説〉

2023年8月7日　初版第一刷発行

著者……………………………………………… 桜井真琴

ブックデザイン…………………橋元浩明(sowhat.Inc.)

発行人…………………………………………後藤明信

発行所………………………………株式会社竹書房

〒102-0075　東京都千代田区三番町８－１

三番町東急ビル６Ｆ

email：info@takeshobo.co.jp

http://www.takeshobo.co.jp

印刷所………………………… 中央精版印刷株式会社

好評既刊

長編官能小説

こじらせ美女との淫ら婚活

北條拓人　著

性癖をこじらせた女性が集まるアプリで出会った美女たちと甘々プレイに興じる青年…。誘惑ハーレムロマン！

803円

長編官能小説

女子大ハーレム水泳部

河里一伸　著

水泳部の顧問になった青年は部員たちに淫らに誘惑され…。真夏の日差しに飛沫が光る青春ハーレム水着ロマン！

803円

次回刊行案内

長編官能小説

再会の美肉〈新装版〉

北條拓人

俊英が描く肉悦の誘惑ハーレム長編！
2023年8月7日発売予定!!

記憶喪失の青年は手掛かりを求めて元カノ巡りを…

803円